内心『キマッたな』と握り拳を固めていた弥勒だったが、ボタンを外そうとしていた手の甲をギュッとつねられて悲鳴をあげた。（P.15より）

イラストレーション／高宮　東

情熱で縛りたい

Tomo Makiyama
牧山とも

I'S NOVELS

君に出逢うまで、
僕は、空が蒼いということさえ、忘れていた――。

◇◆◇その男、凶暴につき◇◆◇

銜《くわ》え煙草でのっそりと大学の門をくぐった途端、行く手を阻《はば》まれて、長身の青年はただでさえつりぎみの眉を片方だけさらにあげた。常時くっきりと、眉間に刻まれている縦皺も深さを増す。

「弥勒恭一《みろくきょういち》だな」

確認ではなく断定口調で言う頭ひとつ分ほど低い位置にある男の顔を、弥勒と呼ばれた青年は鬱陶《うっとう》しそうに見下ろした。

「人の名前を勝手に呼び捨てにするんじゃねーよ」

どうしても呼びたかったら『様』をつけろ。そんなことも知らないのかと言いたげに吐き捨てると、弥勒は左の人差指と中指の間に煙草を挟んで唇から離し、わざと目の前の男の顔に煙を吹きつけた。

「てめっ!」

当然のごとく怒りを爆発させた男が胸倉を摑んできたが、彼は別段慌てたふうもなく、いくぶん近くなった視線を絡ませる。

「どーでもいーけど、おまえ誰？　ゆっとくけど、ナンパならほか当たれよ。いくら俺が基本的に博愛主義でも、おまえみたいな顔はパス。激ブサイクじゃん？」

非常識にもほどがある。否、それ以上に人間失格かもしれない。

どこの世界に、初対面の相手に面と向かって――たとえそれが本当でも――顔の造作の美醜を問いかける人間がいるというのだ。

「…噂に違わないヤな野郎だなてめぇは。人の女、寝取った間男のくせしやがって。弥勒の名が聞いて呆れるぜ。菩薩《ぼさつ》の慈悲心ってもんを知らないのかよ。え？　菩薩サマ」

瞬間、ほんの僅かに浮かんでいた笑みが弥勒の顔から消えた。胸倉を掴む男の手首をガシッと掴み、その腹部めがけて無造作に強烈な膝蹴りを繰り出す。

「ぐ……かはっ」

血の混じった唾液を苦しげに吐く男に頓着することもなく、弥勒は道路にくずおれた男の脇にしゃがみ込むと、火がついたままの煙草をその顔に近づけた。

「選ばせてやるよ。根性焼き、どこがいい？」

「や……やめろっ」

「ああ？　聞こえねーなあ」

「ひぃ…っ」

一般人と比較するとかなりキレやすい性格の弥勒とはいえ、いくら何でも毎回ここまで派手に喧嘩を買うわけではない。いつもはもう少し穏やかに（？）お帰り願うのだが、この珍しい名字のせいで、五回に一度は盛大にブチキレる。つまり、彼は名字をからかわれると問答無用でキレるのだ。自分の性格が、名字が持つ意味と正反対の無慈悲かつ凶暴なものだと自覚しているだけに、他人から図星を指されると心底ムカつくらしい。

だいたい、他人の彼女を寝取るという行為自体がそもそも人の道に外れているのだが、別に、自分から誘ったのではないし、相手に期待を持たせるような言動もしてないので、弥勒にとっては単なる欲望処理でしかなく、罪悪感など一切なかった。

これだから、行く先々で痴情のもつれ絡みのいざこざが起きたりするが、喧嘩を売られることを、本人はあまり気にしていない。

弥勒恭一。酒と煙草とHが大好きな、これでも国立大学の英文学部に通う二十歳の学生。

明らかに育ちすぎた感のある身長は、話している相手の首が疲れそうな一八七センチ。子供の頃から続けている水泳のおかげで見事な逆三の体型と、プールの塩素で色の抜けた茶色い髪を持つ。眦《まなじり》の下がったいわゆるタレ目だが、その分、眉がつりぎみなために、常に眉間に皺を刻む弥勒の顔は極めて凶暴に見える。左耳だけに光るピアスと銜え煙草が、それにさらに拍車をかけるアイテムだというのは言うに及ばず。ただし非常にデンジャラスな雰囲気だが、ルックス的には間違いなく男前に入る部類だった。

「はい恭一、そこまで。それ以上やると、火傷どころかトラウマも残しちゃうからね」

緊迫した場面には不似合いな、やけにおっとり穏やかな声とともに、弥勒の手から煙草が取りあげられた。舌打ちしながら、しゃがんだ体勢のまま睨みあげれば、見慣れた美形が爽やかな笑顔で、ひらひらと片手を振っている。

「うざってえな。ほっとけ」

「おれの大事な恭一を放っとけるわけないでしょーが」

「いいから、ほっとけ」

言い捨てて視線を元に戻そうとした瞬間、弥勒は頬に焼けた感触を覚えて顔を顰《しか》めた。見れば、追いつめられた表情の男が弥勒と自分の手を交互に見ている。男自身、自分の行動が信じられずにいるのだろう。

「…高くつくぜえ？　俺様の超絶ビボーに傷をつけてくれた礼はよー」

爪で引っかかれた左頬を触った指についた自分の血を見た弥勒の目の色が変わる。言葉にこそ出していないが、その顔には『コロス。絶対コロス』と書いてある。

バトルモード全開になった弥勒に、再びのんびりした声がかかった。

「ああそういえば、今夜の夕飯は恭一の好きなロールキャベツにするから、早く帰ってきてねって伝言頼まれてたなあ」

「……誰に？」

男の胸倉を締めあげたまま、弥勒がピクリと肩を揺らして立ちあがる。その反応に満足しながら、美形の彼は最終仕上げを施す。

「伊織《いおり》さんに決まってるで…」

「帰る」

摑みあげていた男をまるでゴミのようにその場に捨てると、弥勒は迷いのない足取りで歩き出した。そして、やれやれという顔で少し遅れてついてくる美形に、ブチブチと文句を垂れる。

「芹沢おまえな、そーゆーことはもっと早くゆえよ。いらねー時間、使っちまっただろ」

「悪い悪い。おれも、恭一の顔見て思い出したんだよね」

謝ってはいるものの、あまり誠意の感じられない彼は芹沢隼人《せりざわはやと》。弥勒の高校の同級生で、今も学部は違えど同じ国立大学に通う二十一歳。年齢が弥勒よりひとつ年上なのは、彼が帰国子女のため、ひとつ下の学年に編入したせいである。

栗色の髪と瞳に、彫りの深い甘い顔立ちの芹沢は、日仏のハーフで仏語も流暢に操る。いつも隣にいる弥勒が無駄にデカイので華奢だと思われがちだが、彼単独で見ると、一七八センチの長身と均整のとれた肢体の持ち主だというのがわかるだろう。

相棒の弥勒が凶暴で野性的な分、芹沢は温雅で理性的な性格だった。高校の頃から、凶暴化した弥勒を止められる唯一の人物として名高かった一方、弥勒に危ない言動をとることでも有名で、一部の人々の間では、ふたりはデキているという噂がまことしやかに囁かれてもいた。

「それにしても、また彼氏持ちの女の子と寝たのかい？」

新しい煙草を銜えた弥勒がライターを探してポケットを探っていると、苦笑混じりの芹沢が自分のライターで火をつけてくれた。サンキュと礼を言って息を深く吸い込んだ後、プハ～と煙を吐き出しながら、心外なという感じで眉をあげる。

「結果的にだっつーの。逆ナンされたから、おいしくいただいただけ」

「いただくのはいいけど、その度に彼氏から喧嘩売られてるでしょーが。ナンパされた段階で、彼氏いるかどうかくらい聞くようにしないと」

「うざってえな」

がりがりと頭を掻き掻き、心底面倒くさそうに言う弥勒に、芹沢は『あはは』と笑う。

「まったく、しょうのない男だね。でもまあ、おまえの場合、今はそれが唯一のストレス解消法だもんな。おおめに見てやろう」

ぽんぽんといたわるように肩をたたかれて、弥勒は少しおもしろくない気分になった。

それほど長いつきあいでもないにもかかわらず、芹沢は自分をよく理解している。

女同士の親友みたいに、何でも包み隠さず話し合う関係とは違うが、互いに何かあった時には顔を見たくなる。別に何を話すわけでもなく、ただ黙って酒を飲んだり、音楽を聴いたりするだけだが、不思議と落ち着くのだ。

居心地のいい相手には違いないが、芹沢の観察眼の鋭さには少々不満もある。

大学進学のために上京する際、芹沢の紹介で、大学にも近い彼と同じ『青葉荘《あおばそう》』という下宿に住むことになった弥勒は、すぐにそこが気に入った。建物こそ小さいが、二階建ての外観も八畳ほどのフローリングの部屋も小綺麗で、何といっても料理が旨い。下宿人は、自分も含めて六人しかいないが、大家の家族も同じ屋根の下にいるためか、かえって家庭的でいい。

しかし、弥勒が何よりも青葉荘を気に入った理由は、そんじょそこらの女の子が束になってかかっても敵わないほどの美人がいたからだった。

「君が弥勒恭一くん？　僕はこの下宿の大家の息子で、藤崎《ふじさき》伊織《いおり》。よろしく」

小首をかしげてにっこり微笑まれた瞬間、弥勒の脳裏に教会の鐘の音が鳴り響き、胸筋をつき破ってハート型の心臓が飛び出しそうになった。

俗に言う、ひとめ惚れである。

それ以来、他の下宿人の目を盗んでは伊織にアプローチしていた弥勒だが、半月も経たないうちに芹沢にはバレてしまった。表情や態度から他人の感情をほぼ完璧に読む芹沢なので、弥勒の変化にもすぐ気づいたらしい。

伊織に惚れている弥勒が、毎日のように彼を口説いているのを知っている芹沢はまた、どんなに努力しても報われない日々を送る友人のことも知っていた。その鬱憤を晴らすべく、誘われた女性と寝たり、売られた喧嘩を片っ端から買っているのだといっても過言ではない。

ゆえに、それらすべてを承知の芹沢が相手だと、どうもいつもの調子が出せなかった。

「ロールキャベツかー。おばさんの作るヤツもおいしいけど、伊織さんのはさらに上をいく絶品だからなあ。楽しみだねえ、恭一」

おばさんというのは伊織の母親、つまり青葉荘の大家のことである。

数年前、夫に先立たれた彼女は、彼が大事にしていた青葉荘を引き継ぎ、ひとり息子の伊織と二人三脚でこの学生専用の下宿を切り盛りしている。

優しくておおらかで、下宿人たちひとりひとりを、まるで実の子供のように扱い、心配してくれる肝っ玉母さんといった女性だ。

「おばさんにチクろ。芹沢が料理マズイってゆってたって」

ニヤッと笑いながら言うと、芹沢もにっこり笑い返してきた。

何となく嫌な予感を覚える弥勒に、栗色の瞳の彼は予想に違わず毒を吐いた。

「いいよ。じゃあおれは、伊織さんに何を教えてあげようかなー。そうだ。この前の『人妻誘惑事件』なんかいいかな。それとも、少し前の『高校教師（♂）とイケナイ放課後事件』なんてどうだろ。あ。やっぱ先月の…」

「俺が悪ぅございましたっ」

「…その、とっても偉そうな態度は、もしかして謝ってるのかな？」

右手はウエストに置かれ、左手には火のついた煙草。眉間には皺が数本刻まれ、極めつけは、高い位置からの凝視。

誰がどう見ても反省の態度とは程遠いが、弥勒が謝罪の言葉を口に乗せること自体、奇跡的な快挙といってよかった。

「ああ？　二度はゆわねーぞ」

「はいはい」

くすっと笑う芹沢を一瞥すると、弥勒は見えてきた住処《すみか》に僅かに唇の端をあげた。

柄《ガラ》にもない彼の片思いは、すでに一年を越していた。

「あ。おかえり。思ったより早か……恭一くん？　どうしたの、その顔」

ちょうど洗濯物を取り込んできたのだろう、腕に大量のシーツを抱えたエプロン姿の伊織が、玄関を通りぎわ、ふたりに声をかけた直後、弥勒の顔を見て綺麗な顔を曇らせた。

さきほどの喧嘩で不本意ながらもつけられた頬の傷には、自分の部屋でばん創膏でも貼ってから食堂に行こうと思っていた弥勒は、伊織に見つかり、しまったと内心舌打ちする。

二階の自室に行くには、玄関をあがって少し廊下を歩いた後、階段をのぼらなければならず（ちなみに階段のすぐ横の部屋は伊織のものだ）、今の時間帯であれば、夕飯の準備をしている伊織は食堂にこもっているはずだから顔を合わせることもないと思っていたが、今日はとことんツイてない。

「ただいま帰りました、伊織さん。恭一のこれはね、道端で鳴いてる仔猫をムリヤリ抱きあげた結果なんですよー」

どう答えようか考えあぐねる弥勒の横で、芹沢が笑顔でスラスラと嘘をでっちあげる。小さく顔を顰めた弥勒に、伊織は数回目を瞬かせてから、ふわりと微笑んだ。

「恭一くんが抱きあげたら、普通サイズの猫でも仔猫に見えそうだね」

「それは言えてます」

「でしょ？」

笑っているふたりに肩をすくめると、弥勒は靴をスリッパに履き替えて部屋に向かおうとした。

その際きちんと、小声ではあるが『ただいま』の挨拶は忘れない。

「ちょっと待って、恭一くん。自分の部屋に行く前に僕の部屋においで」

「……え？」

思わず足を止めた弥勒に、伊織は笑顔で念押しした。

「消毒してあげるよ。来るよね？」

「……はい」

内心溜息をつきながら、伊織の後についていく。意味深なウインクをよこす芹沢を無言で睨みつけたものの、少し前を歩く細い背中に困惑を覚える。

自慢ではないが、この一年間、暇さえあれば伊織を口説いてきた。誰かの目があるところではさすがにやらなかったが、彼とふたりきりの時はかなりきわどい接触も試みたし、実際、抱きしめたことも一度や二度じゃない。しかしその度に、のらりくらりとかわされて、伊織の真意はまったくもって謎のまま。

男相手という理由で激しい拒絶をされるならまだしも、茶色の瞳にそれらしい嫌悪感はなく、僅かばかりの戸惑いの色しか読み取れずにいる。

嫌われているわけではないと思うが、積極的に受け入れてくれる可能性も低い。なのに、ふたりきりになったら迫られるとわかってるだろうに、自分からそういった機会を作る伊織が弥勒には不思議だった。

「ごめん、恭一くん。僕、両手ふさがってるから、ドアを開けてくれる」

「…どーぞ」

笑顔で礼を言いながら、伊織は弥勒が開けた木製のドアをくぐって部屋に入ると、セミダブルのベッドの上に持っていたシーツを置き、机の引き出しから救急箱を取り出している。

そんな伊織の背中を見つめたまま無言でドアを閉めた弥勒は、教科書類の入ったデイパックを無造作に床に下ろし、正味三歩で彼まで歩み寄って背後から抱きしめた。

「いつもゆってるけど、伊織さん、無防備すぎ」

「恭一くんが、ちょっとスキンシップ過多なんだと思うけど」

「マジで、ただのスキンシップだと思ってんの？」

「うん、って言ったら？」

「今ここで、あなたの服を脱がせてベッドにダイブする」

エプロンの横から手を滑り込ませ、白いシャツのボタンに指を絡ませる。

「俺の本気を、あなたに見せる」

伊織の頬に自分の頬をくっつけて耳元で熱く囁いた後、内心『キマッたな』と握り拳を固めていた弥勒だったが、ボタンを外そうとしていた手の甲をギュッとつねられて悲鳴をあげた。

「いでででっ。ちょ、伊織さん。マジ痛いって！」

「そう？　じゃあ、おとなしく傷の消毒をさせるね？」

「う……はい」

にっこり微笑みながら脅されて、弥勒の不埒な欲望はまたしても不発に終わる。

いつものこととはいえ、惚れた弱みに加えて、伊織の前では彼を恐がらせないようにと巨大な猫をかぶっているため、通常モードの『強引』『傲慢』『凶暴』な態度がとれないのだ。

渋々伊織から手を離した弥勒は、ベッドに座るよう言われた。おとなしく従い、向かい合う形で持ってきた椅子に座った伊織をせつなげに見つめる。

「しみるかもしれないけど、我慢してね」

脱脂綿に消毒液をひたした彼が、まるで小さな子供相手に言うように囁いた。

ほんの二十センチ先に、愛しくてつれない美人がいる。

襟足と前髪が少し長めの艶《つや》やかな黒髪も、俯き加減の優しげな茶の瞳も、すべてが繊細で美しい。同じ性を持つ生き物だとわかっていても、彼は儚《はかな》げでたおやかで、そのせいか身長が一七〇センチあるとは、とても思えない。

おまけに、伊織は自分より八つも年上の二十八歳だったりする。童顔と、多少浮き世離れした雰囲気のためかなり若く見えるが、話してみると年齢相応の落ち着きがある。

十九歳で英国に留学し、数年前に父親が亡くなったのを機に、母親の懇願もあって帰国して、青葉荘を手伝う傍《かたわ》ら、請われて週に一度、近所の子供たち相手に英会話を教えているらしい。

自分もここに来たばかりの頃、英文学部専攻だと言うと、何かわからないことがあれば教えるよと笑顔で言ってくれたのを今でも覚えている。

「はい、終わり。せっかくの男前がちょっと崩れちゃったね」

ばん創膏の上からそっと傷に触れながら笑う伊織に、弥勒もつられて目を細める。

「だから、恭一くん。喧嘩もほどほどに。いい？」

「う……っ」

続いた伊織の台詞に、弥勒の笑みは引きつったものに変わった。

「隼人くんもイイ子だよね。僕に心配かけたくなかったんでしょ？　でも、猫の引っ掻き傷にしては爪跡が一本しかないし、傷自体が大きいもの」

「……嘘ついて、ごめ…」

「ううん。別に怒ってるわけじゃないよ。ただ、こんな怪我をするようなことは慎んでほしいだけ。本当に、頬から血を流してる君を見た時は、動悸が速くなったし」

「！」

瞬間、エプロンの上から胸のあたりを右手で押さえている伊織を、弥勒は衝動的に引き寄せた。

彼が自分のことを心配してくれたとわかっただけでも、小躍りしたい気分だ。

「伊織さん、そんな殺し文句言っちゃダメじゃん。ほら、せっかく抑えてたのに、今すぐあなたにキスしたくなった」

伊織の魅惑的な唇めがけて顔をかたむけたが、彼はきょとんとした表情で、当然のように弥勒の顔を両手で捕まえて唇同士の接触を阻止した。

「何か解釈の違いが生じてるみたいだけど、僕の言い方が悪かったのかな？　ええっとつまり、情けないことに僕は血を見るのが苦手だから、できれば怪我をしてほしくないっていう意味だったんだけどね」

「ま〜たまた………ってマジ？」

ひとりで一気に盛りあがっていただけに、心なしか語尾が震えているような。

弥勒はまるで判決を待つ被告人の思いで、目の前にある小さな顔をまじまじと見つめた。

「うん。それ以外、他意はないよ」

「………」

頷きだけでも十分なのに、綺麗な顔できっちり息の根をとめてくれた伊織に、連敗続きの男は思わず天井を仰いだ。

果たして伊織がわかっていてやっているのか否かは不明だが、やはり今日もはぐらかされてしまった弥勒は、傷の手当ての礼を言うと、悄然とした面持ちで伊織の部屋を後にする。

落ち込みのあまりその際に振り向かなかった彼は、背後でそっと唇を咬みしめた伊織に、無論気づくはずがなかった。

◇◆◇彼《いおり》が彼《みろく》を拒む理由《わけ》◇◆◇

「本当は、他意ありまくりなんだけどね」

肩を落とした広い背中がドアの向こうに消えた後、伊織は小さく呟いた。

うっすらと残る香りは、もうすっかり嗅ぎ慣れた弥勒のマルボロ。二十歳になったばかりのくせに、そこらの下手な大人よりも煙草を吸う仕種が似合う。

大きな体軀とは裏腹に、弥勒が意外と繊細で細長い指の持ち主だと気づいたのは、少なくともここ最近でないことは言える。

初めて会った時から、熱を帯びた強い眼差しで自分を見つめていた八つ年下の青年は、こんなに薄情な態度を取り続けているにもかかわらず、今も当時と変わらない思いでいてくれている。

弥勒が嫌いなわけじゃない。むしろ、彼に思われて嬉しさすら覚える。なにしろ、この一年間で、自分は弥勒のおかげで忘れていた様々な感情を思い出したほどだ。

だけど———。

「だからこそ、恭一くんに応えちゃダメだよね」

寂しげに微笑んだ伊織は、さっきまで弥勒が座っていたベッドに腰を下ろすと、何気なく視線を窓の方向に向けた。瞬間、ちょうど沈もうとする夕陽の、まるで血のような色にギクリと細い肩が揺れる。

見ていたくないのに、視線は夕陽に釘づけられたまま、伊織の意識は時を超える。

あの日も、視線の先では血の色をした太陽が沈んでいる最中だった。

その日、自分は誰よりも大切で、ずっと好きだった人を、自ら裏切り傷つけた。

正確に言えば、裏切ったわけではなく濡れ衣を着せられたにすぎないが、言い訳できるような状況ではなかったし、またしたところでどうにもならなかっただろう。

脳裏から離れることのない、その時の『彼』の怒りと軽蔑の眼差し。それに耐えられなくなった自分は、すべてを捨てて英国に逃げた。

しかし、どんなに時間が経っても、誰かを傷つけた罪は消えない。

だから自分は、生きている限り後悔し続けると決めた。人を愛し、愛される幸せを放棄した。

これで何かが変わるわけではないし、単なるエゴだとわかってもいる。

ただ、もう二度と、誰かを深く傷つけたくないだけ。

「伊織？　ここにいるの？」

「！」

ノックとともにかけられた母親の声に、伊織はハッと現実に返った。慌ててベッドから立ちあがり、ドアの前に歩み寄る。

「いるよ。なに、母さん」

平静を装いドアを開けながら訊ねると、彼女は呆れたような顔で肩をすくめた。

「なにって、コンロに鍋をかけっ放しでしょう。ちょっと洗濯物を取り込んでくるって言って出てったくせに、ちょっとで何十分かかってるのかしら」

「あ……ごめん。すっかり忘れてた」

「あらあら。珍しいわね、伊織がうっかりなんて」

縦よりも横に栄養が行き渡った、ふくよかな体つきの母親は、小さく微笑みながらシャープなラインを描く伊織の頬に片手を添えた。

「疲れてるなら言いなさい。無理する必要はないのよ」

「わかってる。でも違うんだよ。本当にうっかりしてただけだから」

頬に添えられた手をそっと外し、彼女の肩に腕を回して一緒に部屋を出る。

何かと心配してくれる母親にでさえ、伊織は過去のことを言えずにいる。といっても、昔ほど気に病んでいるわけではないから、日常生活で思い出すのは何かキッカケがなければ、そんなに頻繁でもなかった。

六年にも及ぶ海外生活で世界観が多少変わったのも事実だし、以前と比べると、少々というかかなり神経が太くなったのも否めない。見た目がヤワで情けないせいか、人からは神経質で繊細だと思われるらしいが、自分的には今の性格はけっこうお気に入りだ。

『彼』に絡む過去と封印した諸々の感情を除けば、平凡だが平穏な生活が送れていた。

そう。弥勒が現れて、自分にアプローチをかけさえしなかったら、こんなにもこころが揺れることもなく、過去をまざまざと思い出して苦悩する必要もなかった。

どこをとっても、何ひとつ『彼』と共通点のない弥勒だが、あれほど真摯に熱烈に求められると、そんな経験が皆無なだけに、己に禁じた戒も忘れて応えたくなって困る。流されている気がしないでもないが、自分がものすごく必要とされてるみたいで、何となくうれしいのだ。

「…恭一くん、か」

「伊織？」

不思議そうに自分を見あげている母親に笑顔を返しながら、伊織は辿り着いた食堂のドアを開けた。

「うん。みんな、お腹すかせてるだろうから急ごうと思って」

「そうね」

出そうになる溜息を微笑みでごまかし、母親とふたりで食卓を整える。

どんなに弥勒が想いをくれても、自分には応える資格はないと思いながら。


「うっま～ぃ♡　伊織さん、これ超うまいよぉ」

「ありがとう。そんなに喜んでもらえるとうれしいな」

涙を流さんばかりに『うまい』を連発して、ガツガツと料理を口に運んでいるのは、まだ青葉荘に来て間もない岡本《おかもと》歩《あゆむ》である。何よりも食べることが好きと言ってはばからない彼は、大学で栄養学を専攻している十八歳。

まっすぐな黒髪と同色の大きな瞳がとても印象的で、黒ブチのトンボ眼鏡も何とも愛嬌があって愛らしい。

「もうね、どっかのレストランみたいな味。目が落ちそう」

「歩。それを言うなら『ほっぺが落ちそう』だよ」

「え？　そうなの？」

やんわりと芹沢がつっこみを入れてくれて、伊織は密かに胸を撫で下ろした。しかし、純粋な日本人の歩に、日仏ハーフの芹沢が日本語の指導をするのも、どっかおかしな気がしないでもないが、この際放っておこう。

歩の天然おトボケに、食卓にいた他の面々も笑い出す。食事タイムはいつも和やかムードで、歩がそれに一役買っているのはみんなが承知している。

男子大学生六人の同居だが、本当にいい子たちばかりで、自分も母親も彼らの面倒をみるのが楽しくてならない。彼ら自身も、同じ屋根の下に住むという仲間意識があるのか、互いに違う大学に通っていても非常に仲が良い。

「歩は脳ミソが砂糖でできてんだよな」

「あれ？　歩って脳ミソあんの？」

「グラニュー糖だな」

次々に揶揄する友人たちに、歩は頬にごはん粒をくっつけたまま抗議する。

「ひどいよっ。フツーに決まってるじゃん！」

「はいはい。歩、どうどう」

暴れ牛じゃないんだからと、妙な止め方をする芹沢に伊織が苦笑した瞬間、さきほど自室で耳元に響いた低い声が笑った。

「食物繊維だろ、ソイツのすかすかした頭は。耳からの風通し抜群てか。なあ、歩」

すっかり食器をカラにして綺麗に積みあげた弥勒が、ついた片肘に顔をのせ、テーブルの真向かいにいる歩におもしろそうに言う。

「隼人さ～ん、弥勒先輩がイジめるぅ」

眉を八の字に下げて隣にいる芹沢に言いつける歩だが、頼りの芹沢はこともあろうに弥勒の台詞になるほどと頷きを返す。

「恭一にざぶとん一枚」

「隼人さんまで～っ」

あう～、と情けない声を漏らした歩に、伊織はとうとう噴き出してしまった。途端に、恨みがましい歩の視線とぶつかる。

「…伊織さん。今、笑ったでしょ」

「ごめんね。歩くんが可愛かったからつい。でも」

言って立ちあがると、食べ終えた自分の食器を流しに置き、唇を尖らせて拗ねている歩のそばに行って頬についたごはん粒をとって微笑んだ。

「いつも手放しで僕の料理を褒めてくれる歩くんが大好きだよ。みんなだって、君のことが好きだからからかってる。それをわかってあげようね」

「う……うん」

なぜかポッと頬を染めた歩に内心首をかしげた伊織だったが、ぎくしゃくとした動作で残りのごはんを食べ始めた彼を気にしないことにする。ついでに周囲を見回すと、やはり心持ち目許のあたりを赤らめた青年たちと目があった。

自分の微笑みがどれだけの威力を持っているか、まるで無自覚な伊織には、彼らの赤面の意味などわからない。おまけに、外国暮らしで培った伊織の率直な言葉の羅列が、相手に猛烈な照れくささを感じさせる原因になっているのにも気づいていなかった。

「ごちそうさま」

不意に聞こえてきた呟きの方に視線を向けると、重ねた食器を持った弥勒が立ちあがったところだった。彼に続いて、残りの青年たちも挨拶とともにテーブルを離れる。

邪魔にならない位置まで身体をずらした伊織が、今のうちに風呂の湯を落としにいこうと思い立ち、踵を返そうとする間際、大きな影が視界に入った。『え?』と思う暇もなく、耳元で聞こえた低い声と嗅ぎ慣れたマルボロの香り。

「あなたはマジで罪な人だな」

「なに? ……あ」

弥勒の囁きの意味がわからず眉を寄せた直後、耳朶を軽く咬まれて小さく悲鳴する。

思わずあとずさると、弥勒はジッと自分を見つめてから、まるで何事もなかったような顔で持っていた食器を流しに置いて食堂を出ていった。

ハッとして周囲をうかがったが、幸いにも今のを気に留めた者はおらず、それぞれ何か話しながら自室に戻っている。

「お風呂は、あと三十分くらいで入れるから」

平静を装って言うと、歩が『は〜い』と元気よく返事を返してくれた。

母親がシーツのアイロンがけのためにここにいなくて本当によかったと、伊織はひとりになった食堂で深い溜息をつきながら思った。

「…困ったな」

弥勒に咬まれた箇所が熱を持ったように疼くのを、何度も頭を振って紛らわす。

彼の熱い視線を果たしていつまでかわせるのか、最近少し自信がなくなってきている。

再度、溜息を吐いた後、伊織の足はのろのろと風呂場に向かった。

◇◆◇その男、欲求不満につき◇◆◇

「おい。なんでテメーまでいるんだ。ああ？」

忌ま忌ましくも、自分の愛しい人から全開の微笑みを向けられたメガネ小僧のこめかみに、拳《げん》骨《こつ》をぐりぐりしながら弥勒は吐き捨てた。

「弥勒先輩こそ、なんで隼人さんの部屋に来るのさ」

「テメーにゃ関係ねーだろ」

「あるもん。言っとくけどね、俺たちはラブラブの恋人同士なんだよ。邪魔しないで！」

拳骨攻撃に涙目になりながらも、キッと睨みあげてくる歩にフンと鼻先で笑う。

「おまえ、俺が他人の幸せ破壊すんの、大好きって知らないのか」

「うわ、超性格悪～いっ。サイテー」

「そりゃどうも、っと」

言いながら、手にほんの少し力を込める。途端に情けない悲鳴をあげて歩が泣き出したところに、やっと飼い主ならぬダーリンが止めに入る。

「こらこら恭一。そのへんでやめてあげてね」

「わ〜んっ。隼人さん、弥勒先輩が暴力ふるう〜」

ぴいぴい泣きわめく歩から漸《ようや》く手を離した弥勒は、ベッドを背もたれに大きく伸びをすると、銜えっ放しにしていた煙草に火をつけた。無言で灰皿を差し出してくれた芹沢に小声で礼を言い、立てた片膝の上に腕をのせる。

しばらくボ〜ッとしたまま煙草をふかしていたら、不意に名前を呼ばれた。視線は動かさずに気のない返事だけ返す。

「夕飯の時のことは、歩には不可抗力だよ。まあ、恭一の気持ちもわかるけどね」

「…うるせーよ」

「はいはい」

なになに何のこと？　と無邪気に訊ねている歩をごまかす芹沢を背後に、弥勒は僅かに顔を顰めた。今の台詞が図星なだけに、非常におもしろくない。

自分と歩とのじゃれあいはいつものことだが、今日はちょっとばかり余計に力が入った。伊織から『大好き』と言われ、頬についた米粒をとってもらい、極上の微笑みを向けられた歩に、力いっぱい嫉妬したのだ。

伊織自身にも言ったが、彼は本当に罪作りな人だと思う。あんな綺麗な顔でにっこり微笑まれたら、自分に気があるんじゃないかと勘違いする輩が後を絶たないだろう。現に、ここにいる三人以外の人間も、呆然と伊織の笑顔に見入っていた。

「夕飯の時っていえば、俺、目の前で伊織さんににっこりされて、おまけに大好きとか言われてすっごい焦っちゃった。だって、超キレイなんだもん」

「………」

人が密かに気にしているというのに、あっさりと地雷を踏んでくれた歩を、弥勒は殺気のこもった眼差しで睨みつけた。ただでさえ凶暴な顔つきが、今や凶悪なものになっている。

もう一言でもしゃべってみやがれ、ブッ殺してやると言わんばかりに、歩の胸倉を掴もうと伸ばした手を、背後からハシッと掴まれる。離せと無言の圧力を込めて振り向くと、苦笑いを浮かべた芹沢がいた。

「悪いね。脳ミソ食物繊維だから、おおめにみてくれる？」

「………」

「ここはおれに免じて。ね？」

「チッ…」

舌打ちして腕から力を抜くと、芹沢がにこにこと弥勒の髪を撫でる。嫌な予感を覚えて身体をずらそうとしたが、一足早く芹沢の腕が首に回った。

「メルシィ。だから好きだよ、恭一」

ベッドに胡座をかいて座る芹沢に頭を抱き込まれた弥勒は、この濃すぎるスキンシップをやめるよう何度言っても聞く耳を持たない友人に心底うんざりする。半分外国の血が混じっているせいとはいえ、自分とそう変わらないガタイの男に懐《なつ》かれても、いくら美形なところでちっとも、これっぽっちもうれしくない。というか、暑苦しいし鬱陶しい。

眉間の幅をキュッと縮め、銜えていた煙草を灰皿で揉み消し、溜息をつきながら、いい加減に離せの意味を込めて芹沢の腕をたたく前に、目に涙をいっぱい溜めた歩が吠《ほ》えた。

「やだ！　弥勒先輩、隼人さんを離してよっ」

「おまえな…」

現状認識及び、日本語の用法が著しく間違っている。

誰がどう見ても、『弥勒、芹沢に捕獲されるの図』なのだが、歩ヴィジョン限定によると『隼人さん、弥勒先輩に迫られるの図』らしい。

涙を振りこぼしつつ、バカバカ〜と弥勒の胸を両手でタコ殴りしている歩を眺めながら、弥勒は背後の芹沢に訊ねた。

「この、アホアホ坊やのどこがいいわけ？」

「もちろん、アホなところだよ。可愛いでしょ？」

「好みによるだろ」

「まあね」

「うわ～んっ。離せバカぁ～」

幼児レベルで泣いている歩に毒気を抜かれた弥勒は、小さく肩をすくめて立ちあがると、迷わずドアに向かった。すかさず、その背中に芹沢の声がかかる。

「そうそう。恭一、風呂おまえで最後ね」

「ああ」

今日も伊織にフラれた自分が自室で腐っているうちに、他の面々はさっさと入ったらしい。

まあ、どうせシャワーですませるだけだから、順番が最後だろうとかまわないのだが。

退出の挨拶がわりに、軽く手を振って芹沢の部屋を出る。

鴨居に頭をぶつけないように出ていったひとつ年下の友人の背を見送った芹沢は、腕の中のハニーの髪を撫でながら呟いた。

「無理して猫かぶらないで、地の恭一でいけば可愛いのに」

「弥勒先輩が、可愛い？」

芹沢の最後の台詞だけ聞き咎《とが》めた歩が、びっくりした顔で瞬きを繰り返す。

弥勒を知るどんな人物に彼の人柄について訊ねたところで、『可愛い』と評する者は皆無なはずだ。まず外見からして可愛くないし、性格に至っては、処置の施しようがないほどセルフィッシュの一言に尽きる。

人の好き嫌いが極端に少ない歩でさえ、弥勒に関してだけは、芹沢が彼をことあるごとにかまうことも手伝って、どちらかといえば負の感情の方が勝っているというのに、どこをどう見れば、弥勒を可愛いと思えるのだろうか。

「うん。すごく可愛い」

「どこが？」

「性格全般。歩もそう思わない？」

「全っ然、思わない」

「あれ？　おかしいな。あんなに可愛いのに」

「………」

真面目に不思議がっている恋人に、底知れない懐《ふところ》の深さを感じる歩だが、何のことはない。芹沢にとっては、弥勒は強烈に個性は強いが、弱い面も確かに持っている普通の青年にすぎなかった。今みたいに、本当に欲しいものを前に果敢に挑んでは失敗し、強がりながらも実は密かに落ち込んでいる姿なんかは、もう頭をぐりぐり抱きしめてやりたくなるほど可愛らしい。

近い感覚に置きかえると、人に馴れない猛獣をペットにしているようなとでも言えばいいか。

「まあ、感じ方は人それぞれだからね」

納得できないという顔をする歩にくすっと笑いながら、芹沢は彼の小さな唇に軽くくちづけた。

「もちろん、一番可愛いのは歩だよ」

「やだ、隼人さんたら♡」

コロッと笑顔になった歩をベッドに組み敷く芹沢の脳裏からは、友人の恋路などすっかり抜け落ちていた。


「あ〜、ビール切れてたな。最悪。ま、いっか。芹沢んとこから失敬すればいいし」

風呂あがり＝ビールが習慣になっている弥勒が、階下にあるバスルームに向かう途中で思い出したように言う。

各部屋には小さな冷蔵庫が据え置かれていて、無論、弥勒のそれにはビールしか入っていない。芹沢のところも似たようなものだが、歩が四六時中いる分、ジュースの類も豊富だ。

さきほどの訪問で歩がいたということは、今夜はふたりで甘い時間を過ごす予定だとわかっているが、ビールをとりに行くくらいわけなかった。

「今日は飲まずにいられるかって」

吐き捨てるように言ってバスルームに入った弥勒は、持ってきた着替えとバスタオルをカゴの中に置き、いつもの手順でパッパと衣服を脱ぎ捨てていく。

全裸になり、右腕に塡めた腕時計を外していた彼は、何の予告もなしに開いた浴室のドアの方へ視線を向けて絶句した。

「い……っ」

「えっ？」

互いに絶句したまま数秒が過ぎた。

先に我に返った伊織が、手近にあった身体を洗うナイロンタオルをものすごい速さで腰に巻きつける。

「…………」

「…………」

重苦しいとまではいかないが、微妙な雰囲気が脱衣所に漂《ただよ》う。

告白してから丸一年、ここ青葉荘で伊織と生活をともにしてきたが、風呂場でブッキングしたのは初めてである。

基本的に、夕食後の午後七時～十時までの三時間が入浴時間と暗黙のうちに決まっていたから、それ以外の時間にバスルームに足を踏み入れたことがないだけに、まさかこんな突発的事故に遭遇するとは考えてもいなかった。

つまり、自分の妄想以外で伊織のナマ裸を見ること自体、初体験であった。

弥勒は『そうか、この時間帯に伊織さんは風呂に入ってるのか』と密かに思うと同時に、『マジ、鼻血噴かなくてよかった』と安堵していた。

何しろすぐ目の前に、腰を隠しているとはいえ、風呂あがりの艶《なまめ》かしい全裸姿の愛しい人がいるのだ。

濡れた黒髪も線の細い肢体も、ほんのりと上気した頬までが、想像以上に色っぽくて唸《うな》りたくなってしまう。また、無防備に晒《さら》された桜色の――――。

「ええっと、恭一くん……その、せめて前を、隠してくれない、かな」

視線を下に向けたまま、言いにくそうに言う伊織に、だが弥勒はまったく別の返答をする。

「乳首がピンク色で、キレーだし」

「は？」

「…舐めてー」

「ちょ、ちょっと待った！　恭一くんストップっ」

車は急に、否、弥勒は急に止まれない。というか、止まらない。

伊織の制止も無視し、数歩あとずさった細い身体を両腕にガシッと抱きしめると、再び浴室に連行する。わりと広い浴室の、タイル貼りの壁を背に伊織を立たせた。

「もう数えるのもめんどいくらいゆってるけど、俺、あなたが好きだ」

「どうもありがとう」

困ったように笑う伊織のあまりの手応えのなさに、不安と苛立ちが募る。

「それって、どーゆー意味？　俺のことキライなわけ？」

「う～ん。嫌いじゃないけど、断ってるっていう選択肢はないのかな」

「いっつも余裕だよな。俺、おちょくられてんの？」

「まさか、って言っといたほうがよさそうだね」

人のいい笑顔でのつれない返答に、弥勒の眉が跳ねあがる。

「あなたはズルい人だ」

「……そうだね」

なぜか自嘲ぎみに呟かれた伊織の台詞の真意がわからない弥勒には、それすらが余裕の表れに思えてカッとなる。

「今ここで、あなたを抱くってゆったら？」

言いながらも、手はすでに滑らかな肌をまさぐり、一目見てくちづけたいと思った桜色の胸飾

りに、知らず顔が吸い寄せられる。あと少しで唇が触れるというところで、だが弥勒は両手で顔を摑んで止められた。

「君を嫌いになるって答えようか」

「！」

「冗談だよ。恭一くんは優しいから、無理強いなんてしないもんね」

伊織は、穏やかだが確実な言霊《ことだま》で弥勒を呪縛する。

自分は決して優しくない人間だと知っているが、伊織の前でかぶり続けてきた猫のせいで、今さら強引な態度に出るに出られない。

ギリと唇を咬みしめた弥勒は、目の前にある愛しい人の身体を力いっぱい抱きしめた。

「恭一くん？」

不思議そうな声を出す伊織を、思いの丈を込めて抱きしめた数秒後、腕を離し、くるりと踵を返すと、彼に背を向けて浴室のドアに向かった。

「お風呂は…」

背後からかけられた声に、無表情を装い答える。

「明日の朝、入らせてもらいます」

「…そう」

下着だけ替えて衣服を身につけ、バスルームを後にした弥勒は、その足でトイレに駆け込んだ。

無論、伊織の裸を見てギンギンに張りつめた下半身を宥めるためであるのは言うまでもない。

まだ身体中に弥勒の感触が残っている。折れるほどに抱きしめられるという経験も、実は今回が初めてだったりするが、彼の前で狼狽えるわけにもいかない。

「にしても、びっくりしたな」

まさか、午前零時に近いこんな時間に、誰かが入浴に来るとは思ってもいなかった。それがよりにもよって弥勒だとは、何とも皮肉な話だ。

浴室のドアを開けてすぐ目に飛び込んできた、無駄な贅肉を一切削ぎ落とした見事な逆三角形の弥勒の裸体に、目を奪われなかったと言えば嘘になる。自分の貧相な身体に比べ、誰もが羨むだろう強靭《きょうじん》な肉体は、いっそ美しくさえあった。

興奮の色を隠さない若い雄は、正視に耐えないほど立派だったが、その思いに応える資格のない自分には無用のもの。優しい弥勒に、少しキツイ言い方になってしまった感はあるが、あきらめてもらうためには仕方がない。

大きな溜息をひとつつき、脱衣所に戻った伊織が身体を拭き終え、身につけたパジャマのボタンに手をかけた時、またしても不意にドアが開いた。

「あれ？　伊織さん」

「あ、ああ。隼人くん、どうしたの」

弥勒が戻ってきたのかと、内心心臓バクバクものの伊織だったが、相手が芹沢だとわかって安堵する。

「ええ。それが、せっかく歩とSEXしてたのに、恭一が乱入してきちゃって。とりあえず、歩は失神させたから、おれはもう一回シャワーを浴びにきたんです」

「……返答に困る台詞だね」

「あ。すみません。伊織さんはおれと歩のこと知ってるから、つい」

にこっと悪びれない笑顔を見せる芹沢に、伊織も小さく微笑む。

今年の春に青葉荘にやってきた歩が、ひとめ惚れした芹沢をゲットするために、伊織にキューピッド役をしてもらったのはまた別の話である。

「でも、なるほど。恭一の乱心理由は、やっぱり伊織さんでしたか」

「やっぱりって、何のこと？」

パジャマのボタンをとめ終えた伊織は、そ知らぬフリで首をかしげる。弥勒と自分の微妙な関係は、第三者が知るよしのないことだ。

「さっき、ここに恭一が来たでしょ」

　いきなりの話題転換もだが、断定口調の芹沢に、珍しく伊織の眉がひそめられる。整いすぎた芹沢の甘いマスクを凝視しながら、慎重に言葉を選ぶ。

「さあ？　もし来てたとしても、僕が中にいるってわかって部屋に戻ったんじゃないかな」

「見事な模範回答。だけど…」

　脱衣所に置かれたカゴの中から『それ』を取り出した芹沢が、にっこり笑う。

「これ、な～んだ？」

「………」

　見覚えのある黒のGショック。ゴツイ腕時計も、弥勒が嵌めると少し華奢に見えた。

「恭一の、だよね。あと決定的なのは、あいつ、風呂とかプールに入る前って、服全部脱いでしまってから最後に時計外すのがクセなんだ」

「…詳しいね」

　降参という意味で両手を軽くあげてみせると、芹沢はオーバーな仕種で肩をすくめた。

「別に、注意深く観察してなくてもわかりますって。すっごいわかりやすいヤツだから。あいつが伊織さんを好きなことだって、おれ一発でわかったし」

「そうだね。恭一くんて、素直で優しくて繊細だもんね」

「………」

あまりにも、本来の弥勒恭一という男とかけ離れた単語の羅列に、さすがの芹沢も黙り込む。

かなり広い意味での強引な解釈が許されるなら、いつでも自分の意思を最優先させるところが『素直』、常に自分の大切なものだけに目をかけるところが『優しい』、どんな時も自分の気分次第で周囲を振り回すところが『繊細』、と呼べなくもないかもしれないが。歩あたりに言わせれば、『傲慢で鬼畜で極悪』とまるっきり逆のことをきっぱり言いきるだろう。

芹沢にしても、弥勒がそんな殊勝な性格の持ち主だとは思っていないので、多少ぎこちなさの残る笑みを浮かべた。

「とっても少数派の意見だけど、人はいろんな面を持ってるから、広いこころで見てもらえるとうれしいかなー」

弥勒の本性をバラすのは簡単だが、彼の許可なしにそれをするのはルール違反だ。第一、伊織を口説き落とそうと必死になっている弥勒を邪魔したとあっては、後でどんな報復をされるか、考えただけでブルーになる。

歩との逢瀬に乱入されるのは勘弁してほしい芹沢の本音は、伊織には悪いが、さっさと弥勒の手に落ちてくれというものだった。

「あいつ、伊織さんにはマジで本気みたいだから、すごく大切にするはずだよ。けっこうお買い得なヤツだと思うなー」

端《はた》から見ると、弥勒の恋を後押しする結果になっているが、実際は自分のためである。弥勒に負けないこのセルフィッシュぶり、類友《るいとも》なのは間違いない。

その後も、親友のいいところをピックアップして話す芹沢に、伊織は小さく首を横に振りながら淡く微笑んだ。

自分にも、芹沢のような友人が『あの時』いてくれたら、少しは事態が変わっていただろうかと考える。そうすれば、あんなにもひとりで煮詰まる必要も、魔がさしたとしかいいようのない言動もとらずにすんだのだろうか。

あるいは、『彼』を傷つけ、失うことも――。

「……僕には、もう誰かを愛する資格なんてな…っ」

思わず口に出して呟いてしまった台詞にハッとなる。口元に持っていきかけていた左手を不自然に下ろし、真正面にいる芹沢からも視線を逸らす。

「それってさ、恭一を意識してるって聞こえるよ、伊織さん」

「………」

いつになく真剣な声で言う芹沢に、軽く唇を咬む。

「伊織さんの過去に何があったのかは知らないけど、恭一にその論理が通用するかどうかは、かなり疑問だね。まあ、伊織さんよりあいつを知ってるおれからひとつだけ忠告させてもらうと、あいつ、もうそろそろ限界だから気をつけて、かな」

「気をつけてって…」

意味がわからず、顔をあげて不穏な台詞を口にした芹沢を見ると、彼はにっこり笑ってスウェットのズボンに手をかけたところだった。

「ついでに、おれの裸も見てく？」

「遠慮しとくよ。歩くんに怒られそうだし」

恭一に比べたらスレンダーだけど芸術品には変わりないよと、臆面もなく言う芹沢の横をさっさと通りすぎてバスルームを出る。

自室に戻った伊織は、溜息とともにベッドに倒れ込んだ。何だか、頭の中が少し混乱ぎみで、すぐには眠れそうにない。

弥勒とのことを芹沢が知っていたのも驚いたが、それ以上に、弥勒へ傾きつつある自分のこころに動揺した。もっと強く、己に科した戒めを意識する必要がありそうだ。

「もう誰も、傷つけたくないから」

呟いた伊織の脳裏に、十年前の記憶が鮮やかによみがえる。今夜の悪夢とひきかえに、大切な何かを作らないための逃げ道だとわかっていたが、敢えてやめなかった。

「おう藤崎、こっちだ」

昼食時のにぎわう学食で、伊織は目当ての顔を見つけて破顔した。今日の定食がのったトレーを手に、いつものように彼の向かい側に座る。

「早いですね先輩。もう食べたんですか」

空になっている皿を見て言う。午前の講義が終わってから、まだ十分ほどしか経っていない。

「ああ。前の講義が急に休講になってな。席とりがてら早めに学食に来たんだけど、先に食っちまった。悪いな」

「謝ることないですよ。でもひとりで食事なんて、味気なかったんじゃ…」

「あら、この子が例の藤崎くん？」

両手に紙コップを持ったロングヘアの美女が、先輩の横に腰を下ろす。

伊織は、不愉快な表情を絶対に表に出さないよう細心の注意を払いながら、社交用の笑みを振りまいた。

「やだ、ほんとにキレイな顔してるのね。男の子でしょ？　うわ、信じられない。どんな手入れしたら、こんな瑞々《みずみず》しい肌になれるのかしら。これなら、弘樹が可愛がるのもわかるわ」

「おいおい。俺は別に、藤崎の見てくれがいいから、つるんでるわけじゃないぞ」

彼女から受け取った紙コップ入りのコーヒーを飲んだ後、苦笑いしつつ『な？』と視線を向けてくる彼は、柴田弘樹《しばたひろき》。高校の先輩でふたつ年上の、伊織の片思いの相手。

柴田を好きになったきっかけは、ごく些細なものにすぎない。高校入試の日、校内の広い敷地内で試験会場への道がわからなくなり、途方に暮れていた自分に声をかけてくれたのが、生徒会役員で会場整理に駆り出されていた柴田だったのだ。

爽やかな笑顔と優しい対応に、初めはただ憧れめいた感情を持った。それが時間をかけて、恋愛感情へと進化した時には、柴田は高校を卒業し大学へ進学。

未消化のまま残った柴田への想いはずっとくすぶり続け、二年後、彼を追いかけて同じ大学にまで入学した伊織は、サークルを通じて徐々に親しくなり、彼も同じ高校の後輩と知ってか、自分を可愛がってくれた。

今では、親しい友人のひとりになっているが、近くにいればいるほど苦しい時もある。

どこまでいっても、いつまで待っても、根っからノーマルな性癖しか持たない柴田が、自分に恋愛感情を持つ日は来ない。じゃれつく感じで肩を抱くことはあっても、今、彼の横にいる彼女にするようには接してもらえない。

この想いがアブノーマルで、世間では忌み嫌われる類のものだというのは知っている。だから誰にも言えないし、柴田本人にも一生言わないつもりだ。

だけど、時々無性《むしょう》に胸が痛くなる。すべてをひきかえにしてもかまわないから、現実《いま》を壊したくなってしまう。どうして自分だけが、一番欲しいものを目の前にしながら、黙って指を銜えて見ていなければならないのだろう。手を伸ばせばすぐ届くところに、誰よりも愛しい人が笑っているのに――。

「僕は高校の後輩でもあるので、柴田先輩が気を使ってくれてるんだと思います」

勇気のない自分に反吐《へど》が出る。

大好きな人が他の誰かを愛しげに見つめる様を、切れるほどに唇を咬みしめて見守るしか手段《てだて》がない愚かな自分。

「まあ、顔だけじゃなくて性格もいい子なのね」

「だろ？　だからつるんでんの」

得意気に言う柴田に、うれしさと苦しさが複雑に入り混じる。

「気に入ったわ。あたし、笑。藤堂笑《とうどうえみ》。わらうって書いてエミって読むの。覚えて」

「はい。僕は…」

「知ってる。藤崎伊織くんでしょ。名前までキレイであきれちゃう」

「…そうですか」

ケタケタと笑う彼女が、すごく苦手だった。自分のことを美人だと知っている彼女は、かなり傍若無人に振る舞っていたが、柴田は彼女のそんなところが好きだと言った。実際、ひとりの女性とあまり長く続かない柴田にしては珍しく、彼女とは長続きしている。それだけ彼女に惚れている証拠だと思うと、溜息の数は増加の一途をたどった。

これ以降、笑は柴田がいない時でも、キャンパス内で伊織を見かけると声をかけてくるようになり、馴れ馴れしさは日増しにエスカレートしていった。時には、まるで柴田の嫉妬心を煽って楽しむみたいに、わざとベタベタと纏わりつかれて焦った。柴田に余計な誤解をされるのは絶対に避けたかったから、笑との接触に神経質になったが、逆にそれが彼女をいたずらに喜ばせたらしい。伊織が自分に好意を抱いて意識していると、笑は勘違いしたのだ。

実際はまったく違うが、柴田の手前、必要以上に彼女を邪険にすることもできず、曖昧な態度に終始するしかない伊織だった。

「ねえ、伊織くん。今夜ウチで弘樹と三人で飲まない？」

会った直後から、自分を下の名前で呼ぶ笑に内心眉をひそめていた伊織だが、無論表情には出さない。かわりに、この日は珍しく笑の隣にいない柴田の所在を訊ねると、レポートを提出しに教授の研究室に行っているだけなので、すぐに学食にやってくるとのこと。

「わかりました。何時頃行けばいいですか」

首を横に振りたいのはやまやまだが、前に一度断ったら、その場でヒステリーを起こされて辟易した苦い経験があるので、二度と同じ轍《てつ》は踏まないことにしている。

「そうねえ、弘樹が来る前に買い出しとか行ってほしいから、七時前には来て」

「……わかりました」

明らかに下僕扱いである。おまけに彼女は、伊織が文句ひとつ言わないのをいいことに、ルックスのずば抜けた彼をアクセサリーがわりに連れ歩いてもいた。柴田の彼女でさえなければ、いくら温厚な伊織でも声を荒げたかったし、一生関り合いたくない種類の人間だと思った。

しかし、どんなに彼女が嫌いでも、柴田と同じ空間にいられるのなら我慢できた。我ながら自虐的だとは思うが、少しでも彼と彼女をふたりだけにする機会を減らしたかったのだ。

遅れて学食にやってきた柴田にも、彼女は飲み会のことを告げる。無論、彼女にベタ惚れの彼に否やなどあるはずがない。その後、集合時間を確認して別れた。

「それじゃあ僕、何か適当にみつくろって買ってきますから」

「ちょっと待って」

その日の午後六時半。律儀にも言われたとおりに彼女のマンションに行き、早速買い出しに行こうとしたところを呼び止められた。何か別に買ってきてほしいものでもあるのかと思って振り向くと、驚くほど間近に笑が迫っていた。

伊織はのけぞるような形で数歩あとずさったが、運悪くリビング入口の壁に阻まれた。

「…藤堂さん、何の冗談ですか」

「エミって呼んでっていつも言ってるでしょ。わっ。やっぱりお肌すべすべ」

「申し訳ないんですけど、触らないでください」

「いやよ。あたしは伊織くんに触りたいんだもん。ねえ、エッチしよっか」

「遠慮します」

この人は何を考えてる？　彼氏の友人にモーションをかけるなんて、安っぽい三流ドラマより低俗すぎる発想だろう。第一、自分は笑のことなど何とも思っていない。いや、むしろ女性という理由だけで無条件に柴田の恋愛対象となれる彼女に、憎しみにも似た嫉妬心を覚えている。

自分がどれほど望んでも手に入らない柴田を、何の苦労もなく当たり前のようにひざまずかせていながら、その愛情の上に胡座をかいて平然と浮気をしようとする笑が許せなかった。

しかし、こんな最低な女にすら自分は勝てないのだと思うと、心底虚しさを感じると同時に、彼女への憎悪がますます膨らんだ。あまりの嫌悪感に、いつもは絶やされない伊織の笑顔も消え、冷めた無表情が表れている。

「だめよ。まずはキスから」

「恋人のいる女性には触手が動かないんです」

頬に触れる手を軽く払いながら言うと、笑は薄紅色の唇をニッとあげた。

「堅いこと言わないの。弘樹にバレなきゃいいんだもん」

「そんな問題じゃないでしょう」

「弘樹とは昨夜したから、今夜は大丈夫。あ、でもキスマークは残さないで」

「！」

瞬間、心臓が激しく鼓動した。

呆然と、まるで初対面の人間を見るような目つきで笑を見つめる。否、彼女ではなく彼女を通して、この身体を抱いたという愛しい人の姿を――。

嫉妬という感情ほど身近なものはなかったし、それを感じない日は皆無だった。だが、こんなにもリアルに柴田のセクシャルな部分をかいま見ると、とても平常心ではいられなくなってしまう。今まで故意に考えようとしなかった分、余計に彼の性生活を意識する。

「ね？　楽しいコトしようよ。伊織くんも脱いで」

薄手のブラウスのボタンを外した笑が、豊満な胸元を自慢げに揺らす。

この唇に、身体に、柴田はくちづけたのだ。

同じようにすれば、少しは彼に近づける？　彼を、感じられる？

「………っ」

不意に眩暈が伊織を襲った。

ずっと、もう長い間ずっと柴田だけを想い続けて、でも禁忌の想いゆえに解放できず、胸の奥深くに秘めてきた感情が捌け口を求めて溢れ出す。

触れたくて、だけど現実には決して触れられない柴田だから、せめて彼の一番身近な存在を、ほんの少しでいいから感じさせて。そしたらきっと、そこには柴田の温もりがあるはず。

この時の自分は、まさしく魔がさしたという状態に陥っていた。柴田への報われない恋心が煮詰まりすぎて、臨界点を超えていたのだ。

思考がまばらでまとまらず、重なってきた柔らかな感触にも息をとめられ、ますます脳が酸欠状態になる。キスされていると漸く気づいた時には、笑の舌がもぐり込んできた。

次第に深くなるくちづけに、柴田を想いながら瞼を閉じようとした瞬間、伊織はリビングの入口に佇む人影と目があい、一瞬で我に返った。ちょうど窓から差し込む血の色にも似た真っ赤な西陽が、柴田の顔を浮き彫りにする。

「せんぱ………くっ」

胸倉を摑まれて引き寄せられた後、強烈な痛みが伊織の左頰を襲った。殴られたはずみで壁に背中を打ちつけて咳き込んだが、そんなことよりも、この場面を柴田に見られた事実に動揺した。

「弘樹、助けてくれてありがと。何か知らないけど、その子ったらいきなり襲いかかってくるんだもん。恐かったわ」

こういう女だと知ってはいたが、まさか自分が嵌められる身になろうとは、想像の範囲を超えていて、逆に滑稽だった。

「見損なったよ、藤崎。おまえがこんなことするなんてな」

「ちが……先輩これは…」

「ここんとこ、やけに笑と一緒にいると思って心配してたらやっぱりか。早めに来て正解だな」

「それは…」

違う。自分から進んで彼女と一緒にいたことなんて一度もない。

自分はただ、柴田のそばにいたかったから、だから――。

「触るなよ。このクズ」

「………っ」

勘違いだと説明しようと伸ばした手を、まるで汚いものでも扱うかのような仕種で払われた。

ジンと痺れる指先をもう片方の手で庇いながら、呆然と床を見つめる伊織に、柴田が追い討ちをかける。

「おまえ、本気で人を好きになったことないだろ。だから、こんな人間のクズみたいなことができるんだよな」

「！」

どうしてこれほど想っている相手から、こんな台詞を言われなければならないのだろうか。

あまりの理不尽さに、怒りが愛しさを凌駕してしまった伊織は、気づいた時にはこころにもないことを口走っていた。

「ええ、僕はクズです。だから平気で人の彼女も寝取りますよ。笑さんはとても魅力的な女性ですし、男なら誰だって一度は寝たいと思うでしょう？　せっかくのチャンスだったのに、先輩が来たから台無しですね。キスまでは持ち込めたんですけど、じゃあその先はまたの機会に持ち越しということで」

スラスラと柴田を傷つける台詞が出てくる。どれだけ彼が笑を大切にしているのかを承知で、敢えて言葉を選ばなかった。

「何なら、三人でどうです？　僕はかまいませんよ。先輩と僕とで笑さんを…」

「黙れ！」

もう一発、今度は平手で殴られた。それでも、へらへらと笑いながら同じようなことを言い続ける。

違う。本当はこんなことが言いたいんじゃない。ただ、柴田が好きなだけなのに。でも彼が、自分の気持ちを受け入れてくれないから、そんな最低な女なんかを庇うから、今まで必死になって我慢してきた感情が暴走してしまった。

好き。憎い。愛しい。恨めしい。憎悪。嫉妬……。

様々な感情が入り乱れて、自分でも制御できない。

「先輩、けっこう単純ですよね。同じ高校の後輩ってだけで僕の面倒みてくれるし。ああ。もしかして笑さんとベッドインしてる時もそうなのかな」

伊織がくすくす笑いながら暴言を吐いていると、柴田の妙に押し殺した声が耳に届いた。

「俺がどれだけ笑を好きか、おまえは知ってるのに。おまえのことだって、どの友達や後輩よりも目をかけてきたのに。…信じてた相手に裏切られた俺の身にもなってみろよ!」

最後の方を怒鳴るように言った彼の声が微かに震えているのに気づき、のろのろと顔をあげた伊織の視線の先に、泣きそうに口元を歪めた愛しい人がいた。

「信じてたのに……最低だよ、おまえ」

その柴田の表情に、伊織は取り返しのつかないことを言ってしまったのだと、いまさらながらに気づいた。

本当に最低だ。自分を見失っただけでなく、誰よりも大切な人を傷つけてしまった。

友人の裏切りを目の当たりにしてショックを受けている柴田は、それでも笑を伊織から隠すように背中に庇っている。

「…もう顔も見たくない。二度と俺の前に現れるな。さっさと出ていけ」

「………」

弁解の余地なし。まあ、弁解しようにもできる状態ではなかったが。

どんなに言葉を並べたところで、この状況では男の自分が加害者だし、彼女を通して柴田を見ていたとはいえ、結果的に彼の恋人を寝取ろうとしていた事実は変わらない。

まさに、一瞬の迷いが命取り。自業自得だった。

すべてを壊したいという願いが、こんな形で叶うなんて、思ってもみなかった。

最悪すぎて、笑ってしまいそうになる。

伊織は切れた唇から流れた血を手の甲で拭いながら、ゆっくりと立ちあがった。その際、もう一度視線を柴田に向けた彼は、すぐに深く後悔する。

柴田の瞳には、深く傷ついた色ともうひとつ、軽蔑という名の色も宿っていたのだ。

その一ヶ月後、伊織は父方の叔父がいる英国に、まるで逃げるように留学した。同じキャンパスにいたら、否応なしに彼らと顔をあわせてしまう。それが恐かった。

そしてこれ以降一度も、柴田とは会っていない。無論、笑にも。

報われなかった想いごと過去を封印し、不用意に誰かを傷つけてしまった罪に呪縛され続けている伊織は、一生懺悔しながら後悔とともに生きていく道を選んだ。

自分が愛したから、結果、柴田を傷つけた。ならば、誰も愛さなければいい。

彼は、自分自身も深く傷ついている事実に、気づけずにいた。

◇◆◇その男、野性につき◇◆◇

「ああ。やっぱり自分の部屋に戻ってたね。ほい、忘れ物」

ぼんやりと天井を仰ぎながら、缶ビール片手に煙草をふかしていた弥勒は、目の前に差し出された私物にピクリと眉を動かすと、うろんな目を芹沢に向けた。

「恭一のでしょ。バスルームのカゴの中にあったよ」

「…ほかに何か見たか」

「え？」

「これのほかに何か見たか」

徐々にきつくなっていく弥勒の視線の先で、芹沢が『ああ』というようににっこり笑う。

「湯あがりの、すんごい美人さんをひとり」

「てめ、ブッ殺す」

「やだな、疑ってるの？　大丈夫。おれがバスルームのドア開けた時は、伊織さん、ちゃ～んとパジャマ着てたから」

「…………」

疑わしげな表情を崩さずにいると、芹沢は笑顔のままちょこんと首をかしげた。

「ということは〜、恭一は伊織さんのヌード見たんだ？」

「………っ」

「図星か。なんて羨ましいヤツ。で？」

「ああ？」

ズイと顔を寄せてきた芹沢に、しかめっ面のまま問い返す。

「な〜にすっとぼけてるかな。おまえが全裸の伊織さんを前にして黙ってるタマかよ。今日こそは唇にキスを…」

「してねーよ」

「あれ。もしかして、ひとっ飛びにセッ…」

「クスもしてねー」

憮然として答えると、芹沢の笑顔が神妙な真顔になった。

「なあ恭一、おれは好きな人がすっぽんぽんで目の前にいる時にすることを、そのほかに知らないんだけどさ、おまえは知ってるの？」

「知らねーな」

「じゃあ、何したわけ？　おまえも伊織さんも裸だったんだろ？」

心底不思議そうな顔をする友人に、弥勒は思わず頰の筋肉をひきつらせた。これが、自分をからかう目的でなされた質問ならば、相手が芹沢といえど問答無用で拳を繰り出すだけだが、純粋な探求心ゆえに始末が悪い。

別に、訊ねられたからといって素直に答える義理もないが、いくら弥勒でも、多少なりとも芹沢が自分を心配してくれていることくらいはわかるので、そう無下にもできない。

今日ほど、煙草が苦いと感じる日はなかった。

唇の端に銜えていたそれをいったん指先で持つと、彼は吐き出す紫煙に目を細めながら、仕方なさそうに口を開いた。

「いつもとおんなじ。俺のカラ回り」

「すっ裸で迫ったのに？」

「あの人には、俺の裸なんて意味ないって」

「むりやり押し倒せば、状況も違ったんじゃないの」

ヒトゴトだと思っていい加減なことを言ってくれる。それができれば、こんなに悩む必要などないし、今頃は伊織と天国へのランデブーの真っ最中のはずだ。

「確かにな。俺がここを追い出される最悪の状況になってるだろうよ」

吐き捨てるように言うと、芹沢は栗色の瞳をおおげさに見開いてみせた。

「まさか。考えすぎだよ」

「あいにく、あの人に関しちゃ、悲観的なんでね」

「ああ、なるほど。迫ったはいいけど、かなり手酷くフラれたのかな」

「…………」

この男のこういうところはキライだ。こちらの言動から、恐ろしいほど正確な真実を推測して導き出す。

「でも、恭一……」

「うざってえな。そーだよ。フラれたよ。むりやり抱いたらキライになるってゆわれて、キスひとつできなかった臆病モンだっつーの」

悪かったなと逆ギレし出した弥勒を、芹沢がまあまあと宥める。

「ほんとに、恭一ってば可愛いんだから」

「うるせー。気色わりぃ単語使うんじゃねー」

「だって、可愛いんだもん。伊織さんに一生懸命なとこが」

「どうせ俺らしくねーとか思ってんだろ」

フイっとそっぽを向いて煙草を銜えた弥勒に笑いながら、芹沢は彼に倣ってベッドを背に床に座り込んだ。

窓から覗く初秋の下弦の月が、伊織を彷彿とさせる。見るだけで、決して手に入らない。

「そんなことはないけど。でもそうだね、伊織さんの前で猫をかぶる恭一はらしくないかな。本来の十分の一も魅力が伝わってないと思う。いつものおまえの方がずっといいのに」

「ンな奇特な趣味はおまえだけだ。ほんとの俺で迫ってみ？　あの人、二分で逃げ出すに決まってっから」

「でもさ、猫かぶりヴァージョンで一年迫ってダメなわけでしょ。そろそろモードチェンジしてもいいんじゃないの」

一理ある。今の状況に行き詰まりを感じているのは事実だし、もういい加減、一年にも及ぶ片思いにケリをつけてもいい頃だ。

だいたい、こんなふうにうだうだ悩むこと自体、自分らしくなくていけない。

欲望には忠実に、ストレスって何？　といった生活が日常だっただけに、自分にカセを填めたこの一年は不自由極まりなかった。我慢も限界に達してきたところで、そろそろ本来の自分を解放してもいいか。いや、しかし――。

胸中、激しく葛藤する弥勒に、芹沢が『煙草もらうね』と話しかける。それに視線で頷くと、彼がひょいと顔を寄せてきた。ライターを差し出そうとしていた弥勒だが、芹沢の意図がわかって自分も顔を彼の方へ向ける。弥勒の煙草から直接、火をもらった芹沢は、吸い込んだ煙を吐き出しながら礼を言った。

「いいことを教えてあげるよ、恭一」

「ああ?」

ふたり並んでベッドを背に座り込んだまま、冷たい月を見つめる。

「さっき風呂場で話してて思ったんだけど、伊織さんはおまえをかなり意識してる」

「なにバカ言って…」

「最後まで聞け。おまえを意識してるのはほぼ間違いない。でも、伊織さんの過去がそれを邪魔してる。彼は何かに縛られてるみたいだね。だから、なかなかおまえの気持ちに応えようとしないんじゃないかな」

「過去? どんな」

「さあ。そこまでは、おれもわからないよ。ただひとつ言えるのは」

ベッドサイドのランプだけが灯る薄暗い部屋の中、弥勒は残り少なくなった缶ビールに口をつけた。温くなった液体に僅かに顔を顰める。

「このままじゃ、何も変わらない。伊織さんも、おまえも」

「…………」

「何を悩む必要があるんだい。おれが保証するよ。伊織さんはおまえを憎からず思ってるって。そうなれば、あとは押して押して押しまくるだけでしょ。弥勒恭一の本領発揮しなきゃ」

言って優雅にウインクをきめた芹沢に苦く微笑むと、弥勒は飲み干したアルミ缶を片手で握り潰し、短くなった煙草をその中に突っ込んだ。

「おまえが保証してくれたところでアテにはなんねーけど、猫かぶんのもいい加減飽きたし、そろそろケリつけなきゃなんねーな」

どっちみち、いつまでも自分を隠しているわけにはいかない。どうせバレるのなら、早いうちに限る。それでさっさとケリがつくならついたでけっこう。その時には、ここを出てアパートでも探せばいい。

開き直ったら、何だかすっきりした。らしくもない片思いのせいか、気分まで女々しくなっていたらしい。まったく、弥勒恭一ともあろう者が情けなさすぎる。

「そうそう。その調子でがんばって」

くすくす笑いながら立ちあがると、芹沢は『じゃあね』と言って部屋から出ていった。

いつもさりげなく励ましてくれる彼は、自分が素直に礼などよこさないのも知っているし、また端《はな》からそんなものは期待していないだろう。損得勘定ぬきの、掛け値なしの友人だからこその気遣いだと互いにわかっている。

こいつと友人でよかったと心底思うのはこういう時だが、まかり間違っても本人にそれを伝えようとは思わないし、言ったところで陳腐すぎて笑われるのがオチだ。

「さーて、寝るか」

大きく伸びをしながら呟くと、弥勒はカーテンを閉めるために立ちあがった。窓際まで歩み寄り、冷めた光を降り注ぐ月を見てニヤリと笑う。

「捕まえてやろーじゃねーの」

この瞬間、弥勒の辞書の中から、伊織に対する遠慮とか手加減という文字が削除された。


「おはよう恭一くん。今朝はずいぶん早いんだね。あ、そっか。朝からシャワー浴びてき…っ」

朝食の支度をする伊織が、食堂に入ってきた自分を見て笑顔で話すのを、弥勒は背中から抱きすくめた。他の用事をしているのか、おばさんの姿は見えない。

「はよ、伊織さん。今日もキレーで文句なし」

「そう？　ところで恭一くん、離してくれないかな。朝食の準備が…」

「じゃあ、俺と西洋式の挨拶したら離してあげましょー」

言いながら、腕の中で伊織の身体を反転させる。流し台と自分の身体で彼を挟み、持っていた卵も取りあげて、動けないように背後で手を固定する。

「朝から、悪ふざけはやめてね」

少し怒った口調で言う伊織をほぼ真上から見下ろすと、弥勒は彼が初めて見るだろう人の悪そうな笑みを湛えてみせた。

「別に、悪ふざけじゃねーからやめない。俺はあなたが好きだからキスしたい。そんだけ」

「それだけって、僕の気持ちは無視なの?」

早速、いつもの自分と違和感を感じているらしい伊織が、訝しげな表情を見せる。

「あなたの気持ちは昨日まで散々尊重してきたから、今日からは俺の気持ちが最優先」

「恭一くん?」

「やっぱびっくりしてるか。でも先にゆっとくけど、こっちがほんとの俺。あなたに好かれたくて、今まで猫かぶってただけ」

「……うそ」

信じられないというふうに小さく左右に頭を振る伊織の頬を、弥勒の唇がかすめる。途端に、伊織がピクリと身体を震わせた。

「伊織さん、俺、今日以降本気で迫り倒すよ。嫌われたくない一心の、らしくない守りの姿勢にもいい加減飽きた。あなたにはほんとの俺を知ってほしい」

「そんなこと、急に言われてもね」

「急じゃない。あなたを好きな俺は変わんない」

「恭一くん、ちょっと待っ……ん」

初めて重ねた伊織の唇は少しカサついていたが、想像の中の唇と同様に柔らかかった。

驚愕と困惑に彩られた茶色の瞳は閉じられることはなく、探るように自分を見つめ返している。

「伊織さん、目ェ閉じないの？」

唇同士は触れ合わせたまま、至近距離でいたずらっぽく囁くと、伊織が珍しく憮然とした表情をみせた。常に微笑みを絶やさない彼が、こういう顔をするのは皆無に近い。ここ青葉荘での生活も二年目になる弥勒だが、伊織のムッとした表情を見るなんてこれが初めてだった。

しかし、それもすぐに綺麗な笑顔の下に隠される。

伊織は多少困ったような笑みを浮かべると、小首をかしげて弥勒を見あげた。

「困らせないでよ、恭一くん。何度も言ってるよね。僕は君の気持ちには応えられないって」

「なんで？」

「悪いけど理由は言えない。でも…」

「俺のことキライだから？」

「………」

瞬間、伊織の瞳に走った戸惑いの色を見逃さなかった弥勒は、内心ニンマリしながらも殊勝な態度に出た。顎を彼の肩に置くような恰好で細い身体を深く抱き寄せる。これで表情を見られる心配はない。

「伊織さんは、俺がキライ？　それだけ、聞かせてくんないかな。もし、顔を見るのもヤだってゆーなら俺…」

ちょっとばかり声のトーンを下げて、多少弱々しく言ってみる。すると案の定、伊織は慌てた様子で答えた。

「違うんだよ。そんな理由じゃないから。僕の個人的なもので……ええっと、とにかく。君の顔を見たくないとかいうのは全然なくて」

「………」

「あの、恭一くん？　僕が君を嫌いだなんて勘違いだし、逆に、僕なんかを好きだって言ってくれてうれしいくら…」

「じゃあ、遠慮なく口説かせてもらうか」

「………え？」

ピキッと硬直する伊織から少しだけ身体を離した弥勒は、彼のウエストに腕を絡ませてニヤリと微笑むと、白い額に自分のそれをくっつけた。

「あなたが好きだ。もう、どーしようもないくらい好き。激《げき》、好き」

「…ハメたね、君」

二度目の怒り顔を拝む幸せを咬みしめながら、ニヤニヤする弥勒。

「いやまだ。俺としたことが昨夜、絶好のチャンスを逃がしちゃったから」

「なにを……？」

「せっかく全裸のあなたと遭遇したのに、自慢のムスコをハメそこなった」

「！」

一瞬で耳まで真っ赤になった伊織が振りあげた右手を、難なく捕らえて逆に引き寄せる。

指先一本一本にくちづけて、最後に白い手首の内側を強く吸ってバラ色の痕をつけた。

「あなたの全身に、これをつけたい」

「下品だよ、恭一くん」

きつい口調で言った伊織は、自分から腕を取り戻すと、逃げるように食卓の方へ移動した。

右手を庇う仕種をする彼にほくそえみながら、弥勒はスッと目を細める。

「手加減、容赦、一切なし。全力であなたを虜《とりこ》にする。ｂｙ弥勒恭一ってことで」

「…………」

絶句している伊織にひらひらと手を振ってから、踵を返す。食堂のドアを閉める間際にニヤッと笑うと、彼の頬がひきつったのが見えた。昨日までの自分とのあまりの違いに、当然だがまだついてこれていないのがわかって、気の毒にとは思うが、おもしろいとも思ってしまう。

危惧していた拒絶にあわなかった弥勒は、この日以来、獣モードに切り替わった。

◇◆◇彼《伊織》が頭痛を覚える理由《わけ》◇◆◇

「伊織さん。明日の予定、あいてる?」

隣でジャガイモの皮むきを手伝ってくれている歩が、そうだ思い出したという顔で訊ねてくる。

大学が休みの日は、こうして料理を手伝うのが歩の趣味だった。

「そうだね。本当だったら英会話教室の日なんだけど、明日は運動会があるらしいから、休みにしたんだ。だから、暇といえば暇かな」

週に一度、日曜日の午前と午後に一時間ずつ、伊織は幼児から小学校低学年向けの英会話教室を開いている。伊織が英国に留学していたと聞きつけた近所の主婦たちに是非にと熱望されて、少しでも英語に興味を抱くきっかけになればと二年前から始めた。

ちょっとした日常会話や単語などを、遊びの域を脱しない程度に教えているだけだが、子供たちの覚えの早さにはいまだに舌を巻く。教えがいがあるせいか、始めた頃よりも楽しんでやっている自分に最近気がついた。

「じゃあさ、じゃあさ。俺につきあってくれない?」

「歩くんに？」

「うんうん」

芹沢と恋人同士になって以来、暇さえあれば彼にくっついて回る歩が、せっかくの休みの日に自分を誘うなんて、どういう風の吹き回しだろう。

不思議に思った伊織は、正直に訊ねてみる。

「隼人くんを誘わなくていいの？」

歩を猫っ可愛がりしている芹沢が、休日の過ごし方を考えていないはずがない。

「誘えないよ。だって、隼人さんの誕生日プレゼント買いに行くんだもん」

てへ♡　と照れながら言う歩になるほどと思うと同時に、微笑ましさを感じる。

芹沢と歩は、見ていて本当にほのぼのする可愛らしいカップルだけに、無条件で応援したくなる伊織だった。

「わかった。僕でよければつきあうよ」

「わ～い。ありがとー、伊織さん」

「どういたしまして」

にっこり笑うと、聞いてもいないのに歩が芹沢のことを話し出す。

「あのねぇ、隼人さんの誕生日は来週なんだ。俺は五月だったんだけど、その時はまだ隼人さんとつきあってなかったでしょ？　だから、来年は俺の欲しいものくれるって隼人さんは言うんだよね。でも、俺もう隼人さん以外いらないからいいってそう言ったら、隼人さんってば俺にちゅうしてくれたんだよ。すっげーうれしかったあ。それでねぇ」

どうやら、まだ続くらしい。

いくら微笑ましいといっても、まるで口の中に直接砂糖をブチ込まれるような甘ったるい惚気《のろけ》話を聞くのは、ちょっと勘弁願いたい。今の台詞だけでも、芹沢の名前が五回も出てきたところをみると、最後まで聞いた日には軽く百回を超しそうな勢いだ。

かといって、楽しそうな歩を止めるのもかわいそうだし、などと思っていると、彼の話の中に、近頃とみに伊織を落ち着かなくさせる人物の名前が登場した。

「信じたくないけど、弥勒先輩も隼人さんと同じ誕生日なんだって。カッコよくて優しくて頭もいい隼人さんと、ガサツで意地悪で乱暴な弥勒先輩がだよ？　絶対、信じらんない。伊織さんもそう思うでしょ？」

頭から肯定するわけにもいかずに曖昧に微笑むと、弥勒を毛嫌いしているらしい歩はさらに続ける。

「でもさあ、隼人さんは何でか弥勒先輩をすっげー大切にしてるんだよね。俺、ほんとのこと言うと、弥勒先輩って苦手なんだ。だってあの人、超俺様な性格でしょ？　だけどやっぱ、隼人さんの大事なヒトだからね、これでも好きになるようにしてんの」

唇を尖らせて拗ねた口調で言う歩だが、好きな人のすべてを理解し、受け入れようと前向きに努力する姿勢は立派なものがある。

「歩くんは、えらいね」

心底そう思いながら微笑みかけると、歩は照れくさそうにはにかんだ。

歩のような素直さと柔軟さなど、あの頃の自分は決して持ちえなかった。

叶わない願いと知りつつも、自分だけを見つめてほしくて浅ましい行動を繰り返し、好きな相手のすべてを受け入れる以前に、自分自身の気持ちで手いっぱいで、いつも空回りしていたような気がする。ただ狂気にも似た想いを持て余すばかりで――。

『ひょっとして、あなたは俺を狂わせたいわけ?』

眦の下がった特徴的な双瞳に、狂おしいまでの恋慕を隠そうともせずに憮然と言い放った年下の青年の顔が脳裏に浮かび、伊織は密かに苦笑した。

風呂場での衝撃的な遭遇の日を境に、弥勒は劇的な変貌を遂げた。それまでは、自分の前ではどこにでもいるごく普通の年齢相応の学生だったのに、猫を綺麗さっぱり脱ぎ捨てた彼は、伊織がかつて見てきた誰よりも不遜で、そして極めてエロかった。

以前なら、弥勒が強引に迫ってきたら、少し強い語調でNOと言えば必ず引き下がってくれたものだが、今ではもうさっぱり言うことを聞いてくれない。それどころか、『抱きしめられてキス』が毎日の慣例行事になっている。おまけに、第三者がいても平気で口説くようになったため、弥勒との関係は青葉荘住人全員の知るところとなり、恐ろしいことに母親までもが衆知の事実。

暇さえあれば絡んでくる弥勒を、あの手この手でやんわりと撃退する自分に、彼は時折その瞳に凶暴な光を宿らせて、きついくらいのキスをする。そしてそんな時は決まって、最初の時のように手首の内側か首筋に所有印を刻むのだ。

『あなたが欲しいって、何遍ゆったら俺の願いは叶うんだか』

皮肉げに笑った後、さきほどの台詞を言った弥勒に、伊織は困ったように微笑むことしかできなかった。

自分でも、弥勒に酷な仕打ちをしている自覚はあったが、こころのどこかで、こんなにも強く誰かに求められる喜びを咬みしめてもいた。だから、その気がないならきっぱりと拒絶するのが優しさであるのを知りながら、弥勒の気持ちを中途半端に放っている。

もう少し、あと少ししたらきちんと断るからと自分に言い訳をして、手前勝手だとは承知で必要とされる幸福にしばし酔いしれる伊織だった。

「んじゃさあ、明日は朝の十時くらいにここを出てもいい？」

小首をかしげて訊ねてくる歩に、伊織はにっこり笑って頷きを返す。

明日は、空色のタートルネックの薄手のセーターを着て出かけよう。シャツだと、何かの拍子に首筋の痕が見えてしまうかもしれないから。

「…こればっかりは、困るかな」

歩には聞こえないようにそっと呟く。

想いの強さに比例してか、弥勒のキスマークはなかなか消えないのだ。

それを満更でもなさそうに受けとめている事実に気づいた伊織の頬に、苦い笑みが広がった。

日曜日の渋谷はどこも人間だらけで、承知でついてきたとはいえうんざりする。

普段は子供たち相手にのんびりと過ごしているだけに、この街を我がもの顔で闊歩《かっぽ》する若者たちの忙《せわ》しない雰囲気にはついていけない。

僕も年だなと内心思いながら、まだ花の十代である歩を見ると、彼はついさきほど買った恋人への贈り物を大事そうに胸に抱きしめてニコニコしている。

「隼人くん、喜ぶだろうね」

「だといいなあ」

「大丈夫だよ。歩くんからのプレゼントなら、何でもうれしいんじゃないかな」

好きな人がくれるものなら、きっと何だってかまわないはずだから。

「えへへ♡　ところでさあ、伊織さんのそれは何なの？　俺の知らないうちに何か買ってるし」

「ああ。英会話教室で使えそうなのがあったからつい」

「そっかあ」

無邪気に疑わない歩に少し胸が痛んだが、本当のことを言うのは躊躇われた。

リボンのかけられた十五センチ四方の小さめの箱の中身は灰皿。とてもシンプルなデザインの漆黒のそれを見た瞬間、なぜか無意識に手が伸びていた。会計の時、ご自宅用ですかと聞かれた際、口をついて出た贈り物ですという台詞にひどく狼狽えたが、綺麗にラッピングされた箱を受け取る頃には落ち着きを取り戻した。

そう。別に深い意味などない。歩から偶然、弥勒の誕生日を聞き、出かける機会があって、たまたま彼に似合いそうな灰皿を見つけただけの話だ。弥勒がくれる想いに応えられないくせに、結果的に彼を振り回してしまっていることへの迷惑料だと結論づける。

歩に言えなかったのは、ちょっと照れくさかったのと、彼が弥勒のことをあまり好きではないというのを知っているから。

「ねえねえ、伊織さん。これから帰って、昼メシの用意とかしなくちゃダメなの？」

細めの左手首に塡めた腕時計を見ながら訊ねてくる歩に、緩く首を振る。

「いや。母さんに頼んできたよ」

「んじゃ、どっかで食べてかない？」

歩は『俺、ちゃんとおばさんに昼メシいらないって言ってきたよ』と良い子の返事をする。そんな彼のまっすぐな黒髪を、伊織は思わず撫でた。

「いいよ。歩くんは何が食べたいの」

「わ〜いっ。俺ねー」

わくわくと瞳を輝かせる歩に自然と頬がゆるむ。ひとりっ子だから本当のところはわからないが、もし弟がいたとしたら、こんな感じなのかもしれない。

伊織的には年の離れた可愛い弟とのショッピングを擬似体験しているのだが、客観的に見ると、同年代ふたりが休日に遊んでいるように見えてしまう。身長も体重も、ほんの僅かに歩が上回っているだけでほとんど大差ないふたりは、伊織の童顔のせいもあって、仲良し同級生と言っても違和感がなかった。

またタイプは違えど、整った顔立ちとスタイリッシュな装いの伊織と歩は、本人たちはまったく意識していないものの、かなり目立っていた。

「ラーメン食べたい。味噌のヤツ。んでねー、デザートにチョコレートパフェとミルフィーユとクリームソーダと…………あああっ！」

「歩くん？」

胸焼けしそうなメニューを次々とあげていた歩が、いきなり足を止めた。

思わず立ち止まってしまうほど、何か特別に食べたい物でも思い出したのかと思った伊織は、小さく苦笑しながら訊ねる。

「ずいぶん気合いが入ってるみたいだけど、何を食べるつもりなの？」

「……は、隼人さん…」

「ええ？　それは、いくら何でもこんなところで隼人くんは食べられないと思うよ」

第一そんなことしたら、公序良俗違反で捕まっちゃうからねと、のほほんとした口調でしれっとアブナイ台詞を言う伊織の前で、歩が悔しげに歯ぎしりした。

「いつもいつもっ。俺の隼人さんを横取りして許せない！」

「歩くん？　何を…」

関係ないことを口走る歩に眉を寄せた伊織は、彼の視線が前方に伸びているのに気づく。不審に思ってそれを辿った直後、歩同様あげそうになった声を何とか抑えた。

彼らの視線の先には、それこそファッション雑誌から飛び出てきたような長身の男がふたり、ファッションビルにもたれて立っていた。栗色の髪の甘い顔立ちのハンサムは、グレーのストレートパンツに白のシャツ、その上からモスグリーンのセーターを着ずに肩から羽織り、一方の片耳ピアスのきつい顔立ちの青年は、シャツもレザーのパンツも黒でまとめ、トレードマークの銜え煙草姿だった。伊織と歩以上に目立つふたり組である。

芹沢が何か言うのに答えているのか、時折弥勒の口元に笑みが浮かぶ。

そんなふたりの前に、ふたり連れの若い女の子が立った。逆ナンするつもりなのだろう、熱心に話しかける彼女たちに、彼らも愛想よく振る舞っている。

当たり前の光景なのに、鈍く、胸の奥が痛んだ。

別に弥勒が悪いわけじゃない。好意を寄せてくれる彼に、つれない態度を取り続ける自分にこそ非はある。若くてハンサムな弥勒を周囲が放っておくはずもなく、彼が己の欲望に身を委ねても何ら不思議はない。

いつかははっきりと答えを出す日がくるのだ。それが少し早まったところで、弥勒の想いに応えられない自分に何が言えるというのか。

でも、片手に持った小さな箱が何だか悲しくて、思わず背中に隠そうとした時、隣にいる歩がいきなり駆け出した。咄嗟のできごとに反応できず、数秒遅れて歩を追いかけた伊織だが、結局彼を捕まえることができないまま、ナンパされている途中のふたり組の前まで来てしまった。

「隼人さんのバカぁ。俺がいないからって、弥勒先輩と出かけるなんてっ。それもそれもっ、女の人と遊ぶためなんて信じらんない。そんな隼人さん、不潔だよ。バイ菌だよ。きらいだよぉ」

人前にもかかわらず、拳を握って恋人をなじる歩に、伊織は軽い頭痛を覚えて人差指で眉間を押さえた。

「人聞きが悪いね。ここで待ちあわせだって言ったの歩だろう？」

「……へ？」

目尻に涙を光らせて呆然とする歩を、伊織も驚きとともに見つめる。

どういう、ことだ？

「午前中は買い物があるけど午後からは大丈夫だから、その頃に待ちあわせようって。覚えてないの？」

「あ、あれ？　そんな約束、したっけ？」

自信なさげに首をかしげる歩に向かって、弥勒がニヤリと笑う。

「ニワトリ以下だな。あ。歩と比べたら、ニワトリに失礼か」

「や、やかましい！　だいたい隼人さんはともかく、何で弥勒先輩がいるんだよ。俺は先輩と出かける約束なんかはしてないぞっ」

がるると唸って弥勒に咬みつく歩の頭をぽむぽむと優しくたたきながら、芹沢が解説する。

「ああ。恭一とはさっき偶然そこで会ってね。ちょうど昼時だったし、メシでも一緒に食べないかっておれが誘ったんだよ」

「……うう」

大の苦手な弥勒だが、彼は大好きな芹沢の親友である。

反論できずに渋々引き下がった歩の髪に、芹沢が笑って小さくキスを落とすと、途端に歩は機嫌を直した。

「ということでお嬢さん方、連れが来たので失礼」

にっこりと極上の笑みを女の子たちに贈った後、芹沢は伊織にも微笑みかけた。

「行きましょうか、伊織さん。歩の買い物につきあっていただいたお礼にごちそうしますよ」

「行くのはかまわないけど、ちゃんと自分で払うから」

苦笑しながら頷く。学生にたかるなんて社会人として情けないだろう。

四人、横一列に並んで歩くのは他の歩行者の邪魔になるので、必然的にふたり一組になる。

わかっていたが、歩が芹沢の腕をとってぴったりくっついたため、伊織は彼らの後ろを弥勒とふたりで歩くハメになった。

微妙な距離を置いて歩くものの、彼とこうして肩を並べて街中を歩くという行為自体初めての経験で、何となく落ち着かない。

そっと視線を横に流してみたら、ちょうど目の高さの位置に弥勒の唇があった。さっきまで街えていた煙草はいつの間にかなくなっている。

今朝も、朝食の準備の途中で食堂に乱入してきた弥勒は、まず首筋に吸いつき、逃げを打った伊織の身体を難なく捕らえて反転させてから唇をあわせてきた。

思い出して、いちだんと落ち着かなくなった。こんな健康的な昼間の、しかも戸外で、自分は何を考えているのだろう。

サッと弥勒から視線を外し、前を行く歩の背中を見つめる。

「その恰好、すごくいい」

「え？」

唐突に話しかけられて焦った。一瞬、頭の中を覗かれたのかと息をのんだが、すぐにありえないと思い直して小さく息を吐き出す。

「あなたはそーゆー淡い色の服がよく似合う。色が白いせーだな」

一応、褒めてくれているのだと思うが、こういった場所で言われても困る。

弥勒の声は低くて太い分、周囲にも伝わりやすい。まったくの他人はともかく、前にいる芹沢と歩に聞かれてるのかと思うと、居たたまれない気持ちになった。

「恭一くん、そういうことは別の場所で…」

「まあ、何を着ても似合うとは思うけど。何たって、俺の伊織さんは激キレーだから」

「ありがとう。でもね、恭一くん」

「タートルネックだと、あなたのキレーな首筋が見えなくて残念と思いきや、俺がつけたキ…」

みなまで言わせずに、伊織は右手をあげて弥勒の口を塞いだ。

「それ以上変なこと言うと、もうキスさせてあげないからね」

軽く弥勒を上回る変なことを堂々と吐いている伊織である。

前を歩く芹沢の肩がピクッと震えたが、弥勒に説教中の伊織は気づかない。

「あと、褒めてくれるのはうれしいけど、時と場所を考えて言うように。いい？」

TPOをわきまえれば、いくらでも危ない台詞を吐いてもいいらしい。

しっかりしているようで、どこかぬけている伊織に、弥勒が内心笑いを咬み殺しているとは、当然だが伊織にはわからない。

神妙な顔で自分の台詞にこくこく頷く弥勒に安心すると、伊織は彼の口から手を離した。

「もうほんとに、困った子だよね」

さきほどまで感じていた妙な照れくささが、いつの間にか消えている。もしかして、自分の不自然さを察知した弥勒が、わざとああいった言動をとったのかもしれないと思い、問いかけるような眼差しを送ってみる。

「なに伊織さん、俺に見とれてんの？」

ニヤリと笑われて苦笑する。たとえそうだったとしても、素直に認める性格ではない。

以前の猫かぶりの弥勒よりも断然生き生きした様子に最初こそ戸惑ったものの、慣れてみると素直じゃなくなった分、多少扱いづらくはなったが、そのやんちゃなところが可愛いと思ってしまう。高い頻度で行われるアブナイ言動も、本気で相手にせずサラリとあしらえば、さし迫った害もないとわかったので、とりあえずは好きにさせている。

繊細そうに見えて、実はけっこういい加減なところもある伊織だった。

「まさか」

にっこり笑って言い返すと、弥勒が逞しい肩をすくめてみせた。

「そこで『うん』とかゆー、リップサービスもないのか」

「僕って正直者だからね」

「ってゆーか、俺を見たらフツーは見とれるって。激カッコイイじゃん俺」

「審美眼は人それぞれだし」

「マジ、ヘコむ。立ち直るのに一分はかかりそー」

「お手軽なプライドだねえ」

いつものように軽口をたたきあっているうちに、芹沢の案内で昼食をとる店に着いた。

穏やかな雰囲気で食事は進み、その席で歩が『映画が見たい』と言い出したため、午後からの予定は映画鑑賞となった。

　芹沢が来たからには、自分はお役御免だと思っていた伊織だが、身体があいているなら一緒にどうですかという芹沢からのお誘いと、弥勒の無言の流し目にほだされて首を縦に振っていた。久しぶりに、映画館で見る映画もいいと思ったのも事実だ。

　どんな映画が上映されているかを確認した後、何を見るか決めることにすると、食事を終えた一行は店から一番近い映画館へ移動する。

　伊織はすっかり失念していたが、これから行く先はふたりきりの密室ではないとはいえ、最低二時間は暗闇に包まれる空間である。

　ただ静かに映画を見られるのかは、果てしなく疑問だった。

◇◆◇その男、野蛮につき◇◆◇

「俺、これが見たーい」

歩のことだから、アニメ映画とか言い出すんじゃないかと危惧していたが、彼が選んだのは意外にも、リバイバル上映されているモノクロの恋愛映画だった。しかも最新作のハリウッド映画や邦画ではないせいか、思ったより客の入りも少ない。

お約束のようにポップコーンとコーラを持ってほくほく顔の歩と、それを可愛くて仕方ないといった感じで見ている芹沢に、弥勒は盛大に苦笑する。

あんなお子さまのどこがいいのかは、いまだに理解不能だが、友人がかつてないほどの誠実さと情熱でもって、歩とつきあっているのは確かだ。まあ、芹沢がベストだと思うのならば、別に自分はかまわないし、単なる友人関係の自分たちに勝手に嫉妬して喧嘩をふっかけてくる歩は、暇つぶしのいいオモチャだから、けっこう楽しい。

少しばかりオツムのデキが単純な歩には、まさか自分の彼氏が恋人を妬かせるために、わざと必要以上に優しく友人をかまうとは想像もできないだろう。

今日の待ちあわせにしても、歩が言い出した約束なんていうのは嘘もいいとこで、自分に内緒で出かける恋人をストーカーよろしく尾行し、伊織と一緒という情報をエサに、寝ていた弥勒を携帯でたたき起こして呼び出したのだ。

「っとに、バカップルだな」

「え？」

左隣から聞こえてきた柔らかな声に、弥勒は一瞬で意識をその人に集中させた。

淡い水色のタートルネックのセーターと白のスリムジーンズが、伊織の儚げな美貌をいっそう際立たせている。

いつもより少しだけ、よそいきの恰好をした彼を見られて、ご満悦の弥勒だった。

「この映画、ビデオで見たなーと思って」

「ああ。実は僕も。でも、スクリーンで見るのもいいかなと……あ、始まるみたい」

フッと照明が落ち、大画面でCMが始まった。

大音響の中、暗闇を味方につけ、スクリーンに見入る伊織を遠慮なく見つめる。

普段、笑顔を絶やさない彼も、さすがに今は真顔だ。しかし、もともと口角があがっているせいか、何となく微笑みを湛えているように見える。

小さめの顔に配置された各パーツは、面食いを自負する弥勒をして溜息をつかせるシロモノで、特に唇は絶賛に値する。厚すぎず薄すぎず、絶妙のバランスで緩やかなカーブを描き、配色も常に健康的な薄紅色。唯一の難は、少しカサついているという点だが、そんなものは手入れ次第でどうとでもなる。

どこもかしこも自分好み。ヤワそうに見えて頑なところも気に入っている。

藤崎伊織、ただその人だけが欲しい。

「ん？　なに…」

内心で呟いたつもりが、口に出ていたらしい。

弥勒の声を聞きつけた伊織が、小首をかしげてこちらを向いた。

自然と、手が彼に伸びる。

スクリーンから漏れる僅かな光を頼りに、弥勒は迷わず伊織の頬に触れた。ビクンと彼の震えが指先に伝わり、咄嗟に身を引こうとした細い手首を捕まえる。

「逃げないでよ」

引き寄せた身体の耳元で低く囁くと、押し殺したような声が返ってきた。

「離しなさい。ここは映画を見る場所だよ？」

「映画より、俺はあなたを見ていたい」

「僕は映画が見たい」

「OK。じゃあ俺はあなたを、あなたは映画を見るってことで」

「な…恭一く……んっ」

伊織を座席の背に押さえつけ、上半身で覆いかぶさるようにして、弥勒は彼の唇を奪った。

強引な手管《てくだ》に反発してか、きつく閉ざされたままの頑なな唇と、咎《とが》めの色を浮かべた茶色の瞳に、思わず口元が笑み歪んでしまう。

カサつく伊織の唇を舌先で舐めた。上唇と下唇をゆっくりと味わう。次は軽いタッチで甘咬み。これを繰り返しているうちに、伊織に微かな変化が見えた。ほんの僅かだが眉が寄せられ、瞳が狼狽に揺れたのだ。

陥落が近いと悟った弥勒は、とどめとばかりにセーターの裾から手を入れ、直接、その素肌に触れた。

「………っ」

驚愕したのだろう、伊織が声にならない悲鳴をあげたのを見逃さず、深いくちづけに持ち込むことに成功する。逃げ惑う彼の舌を捕らえて執拗に吸いあげ、貪る。口内の至るところを舌で蹂躙し、気づけば彼はぐったりとなっていた。

「腹上死ならともかく、接吻死って聞いたことねーな」

いたずらっぽく囁くと、彼が細い肩を上下させながら憮然と言った。

「離してくれるかな。悪いけど、帰らせてもらうよ」

抑えてはいるものの、怒った口調なのは隠せない。

キスで濡れた扇情的な伊織の唇は、息を整えるためか僅かに開いたまま。

「だーめ。とてもじゃないけど、今は帰せねー」

こんな色っぽい顔、もったいなさすぎて誰にも見せられやしない。

「勝手なことを。いいから、離しなさい」

「だめだって。ほら、映画見なくていーわけ」

「誰が邪魔してるのかな」

「誰も邪魔なんかしてないって。あなたは映画見てていーよ。俺は俺で色々すっから」

「しなくていい！」

一応周囲を慮《おもんぱか》っての小声である。いくら自分たちの席が一番後ろだとはいえ、いつ誰が、何の拍子に振り返るかもしれない危険の中、大胆な行為に及ぶ弥勒を信じられない伊織が、水戸黄門の印籠のごとく決まり文句を口にする。

「これ以上したら、嫌いになるよ？」

いつもなら、かなりの効果をあげるこの台詞に、だが弥勒はフッと小さく微笑むと、伊織の唇ぎりぎりに自分のそれを寄せて呟いた。

「んじゃ、試してみるか」

「な……？」

「終わったら、俺のことキライになったかどーか聞くよ」

「恭一くん、待っ………んぅ」

再度、熟れた唇を塞ぐと、両手で胸を強く押し返されたが、まったく意に介さずくちづけを続ける。今度は拳で胸や肩をたたかれた。おそらく本人は力任せのつもりだと思うが、弥勒にとっては蚊にさされた程度でしかない。

伊織の前で猫を脱いで以来、かなり頻繁にあけすけな態度で迫り倒している自分に、彼は初めこそ大きな戸惑いを示したものの、きっぱりと拒絶はせず、苦笑しながらも窘《たしな》める程度でキスや抱擁を受け入れる。

果たして、どこまでだったら許されるのか実験してみたところ、唇を触れあわせるだけの物足りなさ一五〇％のお子さまちゅうと、ギュッと抱きしめるだけの何の芸もない抱擁と、キスマークが限度。つい何日か前に真剣な顔で、べろちゅうしてもいいかと訊ねたが、無論笑顔で却下された。

だから、ディープキスは今回が初めてになる。

「んん……ふ…っん」

角度を変えては何度も伊織の唇を犯す。粘膜同士の接触の心地よさに、彼の茶色の瞳が妖しく揺らめき、次いでゆっくりと閉じられた。

長い睫毛《まつげ》が震え、肩をたたいていた両の拳は、縋《すが》るように弥勒のシャツの二の腕あたりを摑んでいる。

「っ……も、やめ…っ」

「………っ」

ほんの少し唇を離した隙に吐息で囁いた伊織に、弥勒は軽く笑んでから彼の耳朶に咬みついた。

「どう？　俺のことキライになった？」

わざと耳朶を甘咬みしながら問いかける。

自分の質問にではなく、耳を弄られる感触にたまらず、ふるふると頭を左右に動かした伊織を猫科の猛獣のごとく目を細めて見つめる。

「そりゃよかった。俺も、ますますあなたが好きになった」

「恭一く……そこ、は………やっ」

「ん？　じゃあ」

「あ……」

ふわりとした手触りの淡い色のセーターの襟元を、弥勒がぐっと引き下げる。

あらわになった首筋の細さにゾクゾクしながら、襟足にかかる黒髪を掻きあげて唇を寄せた。出かけてくる際にコロンでもつけてきたのか、伊織の甘い香りが弥勒の鼻孔をくすぐる。

「もっと見える位置につけよーか」

「………っ」

「冗談だって。これは、俺とあなたの秘密だから」

ビクリと身体をすくめた伊織に笑った後、弥勒は彼の鎖骨の上を強く吸った。

「ここじゃ暗くてわかんねーけど、あとでじっくり見て俺を思い出して」

「…頼むから、もうやめて。……帰る」

「だめ。あなた、自分が今どんな顔してるかわかってんの？」

「わかるわけない。でも、そんなの関係な…」

言い募る伊織をくちづけで黙らせる。

襟元を綺麗に整えてやりながら、深く吐息を重ねた後、名残惜しげに唇を離す。

「今のあなたは『触って、キスして、エッチして』ってゆー、もんのすごい色っぽい顔してる。こんなあなたを俺以外の人間に見せるのは、マジもったいないから、もとのあなたに戻るまでは帰さない」

「…ほんと君って、俺様だよね」

怒りを通り越して呆れた伊織に、だが懲りない弥勒はニヤリと笑った。

「悪《わり》ぃ。もうおとなしくしてるから勘弁」

少しも悪びれない態度で片目を瞑り、伊織の身体に回していた手を離して自分の座席に深く腰かけ直す。そして、『まじめに映画見ねーとな』としゃあしゃあと吐いて、さらに伊織を呆れさせた。

「君とつきあう人は、かなり気の毒だね」

いつもこんなに振り回されたらたまらない、というような表情で多少の皮肉も込めているらしいその台詞に、弥勒の唇の端があがる。

「自分に同情してどーするよ?」

「ああもう。何でそう自意識過剰かな。あのね、僕が君の気持ちには応えられないってもう二十回くらい言ったの聞いてないの?」

「じゃあ、俺があなたを好きだってもう五百回くらいゆったのは覚えてんの?」

「…………」

ぐっと黙り込んだ伊織に、弥勒は再度顔を近づけた。

「マジで俺をあきらめさせたいなら、本気で拒まないと。今のあなたは、言葉と行動がアンバランスでつけ入る隙だらけだって気づいてる? 俺の手を受け入れながらNOとかゆったってダメでしょ。それじゃ納得できないって」

「…力ずくでこられたら、拒もうにも拒めないよ」

伏し目がちの返答に、弥勒の笑みが深くなる。

膝の上の小さな箱を握っている伊織の右手を掴むと、彼は小さく肩を震わせた。

「ま、そーかもしんないけど、あなたの拒む意志もあまり強くはない」

「それは…」

「何にこだわってんのかは知らねーが、あなたが迷うなら俺が選ぶ」

強く言いきって指を絡めるように彼の手を握り、肘掛け越しに引き寄せた。

ハッとして顔をあげた伊織と視線が交錯する中、その手の甲に唇を落とし、まるで射すくめるかのごとく茶色の瞳を見つめて傲慢に言い放つ。

「好きだから、俺はあなたを傷つける」

「！」

「綺麗ごとだけで誰かを手に入れるなんてのは、理想だけど無理な話だっての。もしあなたに、現在進行形で恋人がいたとしても、俺はそいつからあなたを奪う。たとえあなたが悲しもうと泣こうと憎まれる結果になろうと、俺だけを見てくれるならかまわない」

こんなに誰かを欲しいと思ったことはない。掛け値なしの本音だった。

勝手だと言われようがかまうもんか。これが自分のやり方だし、また無傷ですむ恋愛などないと思っているから。

「逃がさねーよ」

最後に低く呟いて、弥勒はスクリーンに視線を向けた。

結局、彼は映画が終わるまでずっと、伊織の手を握りしめて離さなかった。

◇◆◇彼《伊織》がこころ揺れる理由《わけ》◇◆◇

オレハ　アナタヲ　キズツケル。

真摯な瞳で物騒極まりない台詞をさらりと吐いた弥勒に、だが伊織は激しく動揺した。

怖いからでも、不快だからでもなく、ときめきと呼ばれる感情のために。

相手を傷つけて尚、欲しいと言える弥勒の勇気は、伊織には非常に眩しく思えた。傲慢とも取れる一方で、なぜか潔く映る。

確かに、恋愛は綺麗ごとだけではすまされない。過去の自分がそうだったように、双方どちらにも多少なりとも禍根を残す。甘い言葉を囁きあったどんなに相愛の恋人同士であっても、憎しみあって別れる場合もある。

それならば最初から、多少型破りではあっても、弥勒のように負の感情を言葉にして言う方が正直なのではないだろうか。少なくとも、耳ざわりのいい台詞だけを言う人間より、信頼できるような気がする。

だけど、と伊織は急速に弥勒へ魅かれていく自分にブレーキをかけた。

もう二度と、誰かを傷つけないために自らが選んだ道を思い出す。

どんなに弥勒が想いを寄せてくれても、またどれほど彼に魅かれても、己の感情を解放してはいけない。何も始めなければ、何も生まれないから。

卑怯な逃げだとわかっているが、弥勒に魅かれているからこそ、彼を傷つける可能性の高い行動は慎む必要がある。

そろそろ潮時なのかもしれない。弥勒の想いに浸って幸福感を味わっていたが、きちんとケジメをつけて、彼の目を自分以外に向けさせる。

本気で拒めば、おそらく弥勒もあきらめるだろう。そうしたら、少し気まずくなってしまうと思うから、なるべく顔をあわせないようにすればいい。

寂しいけれど、あの時のようにまた感情が暴走した挙げ句に弥勒を傷つけるよりはマシだ。

伊織は膝の上のプレゼントを左手でそっと撫でながら、小さく溜息をついた。弥勒に握られた右手がくすぐったい。

映画を見ているくせに、弥勒は伊織の手をゆるゆると指先で愛撫する。水仕事が多いせいで、多少カサつく手が恥ずかしくて、本当はすぐにでも取り戻したいのだが、彼の大きな手はそれを許してくれない。結局、映画が終わるまで手はつないだままだった。

会場が明るくなり、席を立った他の客たちが入口に向かう。前の方の席にいた歩と芹沢がこちらに来るのが視界に入り、慌てて弥勒を見た。

「恭一くん、手」

「ん？　ああ。離せって？」

「早く。早くして」

急かすように言うと、弥勒がニヤリと笑った。

「いつかそれ、ベッドでゆわそー」

「はあ？」

眉を寄せる伊織に、弥勒は耳元で囁いた。

「SEXの時に、あなたを焦らしまくって泣かせたら、その台詞が聞けるなーと」

「！」

あまりの卑猥さに、余計な想像をしてしまった。いつもなら軽く受け流すものを、ついうっかり脳裏にリアルに思い描いて、頬が熱くなる。一度だけとはいえ、弥勒の裸体を見ているのがまずかった。なまじ裸で抱きしめられた感触をいまだに覚えているから始末が悪い。

「あれ。赤くなってるけど、想像しちゃった？」

「…してない」

「ふーん。俺なんかしょっちゅう、あなたを裸にして犯してるとこ妄想してんのに。そりゃもう、ありとあらゆる体位でさ」

誰かこの、激しく下品な下ネタＫＩＮＧの口を止めてはくれまいか。

軽い猥談ならどうにか言い返すことも可能だが、ここまでヘビーかつ自分の貞操関連のものとなると、返答に窮してしまう。

「弥勒先輩、何をもーそーしてるの？」

「恭一、いくら何でもそれは言いすぎだよ。せめて、夜のオカズにさせてもらってますくらいにとどめとかないとね」

「……………っ」

犯される妄想も嫌だが、夜のオカズにされるのもちょっとなどと、悠長に考えている場合ではない。今の、恐ろしくきわどい会話を芹沢と歩に聞かれてしまったのだ。

あまりのことに珍しく狼狽える伊織に、歩の無邪気な声が追い討ちをかける。

「ああっ。弥勒先輩いーなぁ。伊織さんと手ぇつないでるー」

「！」

伊織は倒れそうになった。恥ずかしくて、もう顔があげられない。

「歩は芹沢につないでもらえばいーだろ」

「うん。隼人さん、いい？」

「もちろんだよ。このまま下宿まで帰ろうね」

「わ〜いっ」

「…………」

この子たち、いい子なのかもしれないけど、どこか普通と違う気がすると伊織が眩暈を覚えても、誰も反論しないだろう。

まるで街中を歩く男女のカップルのように手をつないだ芹沢と歩が、仲良く映画館を出る姿を呆然と見送る伊織に、低い笑い声が聞こえた。

「伊織さんは、世間とか常識とかモラルを気にしすぎ」

「至って普通だよ。君はもうちょっと気にした方がいいけどね」

「お。しれっとイヤミ爆弾が」

「のれんに腕おしのくせに」

「そんなカワイクナイことゆーロには、べろちゅうするか」

「さて、帰ろうっと」

不穏な台詞は故意に聞き流し、弥勒の手を振り解いて席を立つと、伊織はさっさと芹沢たちのあとを追った。すぐに追いついてきた弥勒が肩に腕を回そうとするのを笑顔でスルリとかわし、来た時と同様に微妙な距離を保って歩く。

隣でライターをつける微かな音がした直後、嗅ぎ慣れた煙草の香りが鼻に届いた。

流した視線の先に、銜え煙草にいくぶん瞳を眇《すが》めた表情が映り、苦笑する。

手の中のプレゼントを意識しながら、伊織は言葉を紡いだ。

「恭一くん、歩行中の煙草はやめようね」

「あ？」

「そのほかはかまわないけど、人ごみの中じゃ危ないでしょ」

「ああ。気をつける」

意外にもあっさりと自分の苦言を受け入れると、弥勒は携帯用灰皿を取り出して吸殻を片づけた。あまりの素直さに伊織の方が驚いてしまい、まじまじと彼の横顔を見つめる。

先に出ていた芹沢と歩に合流し、青葉荘へ帰り始めてからも、言いつけを守って喫煙しない弥勒を不思議に思った。

かなりのヘビースモーカーで、弥勒といえば銜え煙草という図式ができあがってるほどだから、自分が言ったくらいでは聞かないだろうと思っていたが、どうやらこういったところは常識的なようだ。

弥勒が聞きわけているのは、言われた相手が自分だからとは思いもよらない伊織は、さっきは非常識だとか言って悪かったかなあなどと見当違いのことを考える。

その時、伊織の頬に水滴が落ちてきた。『ん？』と思って見上げた空は、映画館に入る前までの青空とはうって変わって、鉛色に変化している。数分後には本格的に降り出した雨に、四人は一時避難所として近くのビルの軒先に身を寄せた。

「天気予報の嘘つきぃ」

恨めしげに空を見上げて言う歩を、芹沢が『女心と秋の空っていってね、秋の天気は変わりやすいんだよ』と優しく宥めるのを微笑ましく思う。

「しばらくやみそうにないね」

腕時計を見ながら内心焦る。そろそろ夕飯の支度をする時間だった。

割り勘でタクシーで帰ろうとしたが、突然の雨に考えることは皆同じなのか、なかなか空車が捕まらない。

雨足が激しくなり、遠雷も聞こえ始める。

伊織がひとり密かに焦れていると、すぐ横にいた弥勒が突然、軒先から飛び出した。

「恭一くん？」

驚いて声をあげた伊織に、弥勒は肩越しに振り返った。

「向こうでタクシー拾ってくる。そこで待ってな」

「でも、君が濡れるから」

「メシの支度あんだろ。待ってろよ」

「………」

小走りに車道へ向かう広い背中を絶句して見つめる伊織の肩を、芹沢がぽんとたたく。

「ここは任せましょ。ま、あいつのことだから、力技か横取りで拾ってくる可能性大だけど」

くすくす笑いながら言う芹沢に視線をやり、伊織は困ったように眉を寄せた。

「僕が腕時計見たのがまずかったね。恭一くんに迷惑かけちゃって」

「迷惑だなんて思ってないない。あいつは伊織さんを大切にしたいだけだから」

「………」

ぽかんとした表情で自分たちを交互に見つめている歩の髪を撫でる芹沢から、そっと視線を逸らす。

「破天荒なヤツだけど、あなたを想う気持ちは限りなくピュアだし」

「……う、ん」

「でも、口から出る台詞はどうしてか果てしなくエロいんだよね」

「たしかに」

即答すると、芹沢が小さく噴き出した。え？　と思ったが、自分の返事が弥勒からそういう台詞を言われていると認めるものだと気づき、狼狽える。

「あ。タクシー捕まったみたいだよ」

歩の声に視線をあげると、弥勒が片手でこちらに来るようにジェスチャーしている。

腕で雨を避けながら歩道ぎりぎりのところに停められたタクシーまで走り、開いたドアから後部座席に乗り込む。バンと閉まったドアに一同が息をついた時、助手席側のドアを開けた弥勒が運転手に行き先を告げた。

「じゃ、よろしく」

それだけ言って、助手席には乗らずドアを閉めようとした弥勒に驚いた伊織は、身を乗り出して待ってと叫んだ。

「恭一くん、どうして乗らないの？」

「ああ？　乗るって、このカッコじゃ無理だろ。シート濡らしちまう」

「だけど…」

見れば、弥勒は全身ずぶ濡れだった。額に張りつく髪が鬱陶しいのか、しきりに前髪を掻きあげている。

「もうすぐ煙草も切れそうだし、買ってから帰る。そゆわけで芹沢」

「おっけー。じゃあ運転手さん、お願いします」

今度こそ閉まったドアに、タクシーはゆっくりと走り出した。

遠ざかる長身を目で追った後、伊織は唇を咬みしめる。まさかこんなことになるなんて、思ってもみなかった。少し考えればわかりそうなものなのに、弥勒の優しさに甘えて脳天気に構えていた自分がはがゆい。

十月上旬ともなれば、雨はかなり冷たい。あんなに濡れてしまったら、きっと寒くて仕方ないだろうに、彼はそんな素振りひとつ見せず、窓の向こうで淡く微笑んでいた。

「恭一くん…」

胸が痛い。女の子にナンパされていた弥勒を見た時とは違う、甘くせつない痛み。

こういうふうに大切に扱われた経験がないだけに、激しくこころが揺れる。

果たして、自分は彼を本気で拒めるだろうか。

また、想いがゆらぐ。

「伊織さん、心配しないで。あいつは丈夫なのがとりえだから」

「…うん」

優しく宥めてくれる芹沢に、伊織は初めて複雑な感情を抱いた。芹沢には歩という恋人がいるとわかっているが、彼が弥勒に示す過保護さや信頼を素直に受け取れない。そう、何となく不快な感じが———。

「………っ」

そこまで考えて、息をのんだ。

これはすでに忘れかけていた、だが嫌というほど覚えのある感情。

自分は、芹沢に嫉妬している。

思わず片手で口元を覆い、何とか衝撃を咬み殺そうとする伊織の耳元に、低い囁きが響いた。

「あなたのそういう顔、初めて見るかな」

「！」

ビクリと肩が震える。ゆっくりと視線を巡らせると、くうくう眠る歩の頭を膝にのせた芹沢が意味深に微笑んでいた。

「おれを見る目が、さっきまでとちょっと違うね。何でだろ」

「…気のせいだよ」

たった今、生まれたばかりの感情を無理矢理抑え込んで微笑む。自分で認めるのはやぶさかではないが、まさか当人に知られるわけにもいくまい。

すると芹沢は、小さく肩を揺らして笑った。

「そうだね、気のせいにしとこ」

「………」

芹沢はたまに、こうした含みのある物言いをする。これまではさほど気にならなかったが、彼に複雑な感情を持っていると自覚した今は、かなり気に障る。

再び視線を雨模様の窓の向こうに戻すと、伊織は青葉荘に着くまで無言を通した。

そんな伊織を、芹沢がおもしろそうな表情で見ていたなど、無論知るよしもない。


昨夜は、いつもどおりの弥勒だった。

タクシーで帰ってきた自分たちから一時間ほど遅れて青葉荘に戻った弥勒は、伊織が早めに準備していた風呂に入って冷えた身体を温め、夕飯を食べた。

しきりに謝る自分に『気にするな』と言い、尚も謝ると『じゃあ、べろちゅうしてもらうか』といたずらっぽく笑った。あまりの彼らしさに、つられて笑ってしまったが、リクエストはやんわりと断った。

それが今朝は、毎朝恒例の熱い抱擁とキスもなく、みんなより遅れて食堂にやってきて、挨拶どころか一言もしゃべらない。不機嫌そうに顔を顰め、無言で紅茶をすすっている。

もともとがきつい顔立ちだけに、こんな表情をしていると、話しかけるどころか、かなり近寄り難い。その視界に入った途端、秒殺されてしまいそうな雰囲気さえある。

さすがのムードメーカーの歩も、弥勒が醸し出す激しく不穏なオーラに気づいているのか、おとなしくコーンポタージュを口に運ぶ作業に終始し、食卓はまるで通夜のように無気味な静けさに包まれていた。

昨夜あれから、何か気に入らないことでもあったのだろうかと憶測するしかない伊織が、困惑した眼差しを弥勒に送っていると、食事の途中にもかかわらず芹沢が席を立った。

全員が注目する中、悠々とテーブルを回って弥勒のそばに行った芹沢は、彼の手からティーカップを取りあげて食卓に置いた。ゆっくりと、弥勒が芹沢を睨《ね》めつける。

その場にいる全員の脳裏に『開戦』という単語が浮かんだ。

右手をあげた芹沢に、歩の瞳が見開かれ、伊織が止めに入るべく腰を浮かせた瞬間、いつもどおりののんびり声が緊迫した食堂内に響いた。

「恭一、寝てなきゃダメでしょ。熱、けっこう高いよ？」

あげた右手を弥勒の額に当てて『めっ』と叱るように言う芹沢を、全員が呆気に取られて見つめる。

「…ほっとけ。煙草吸や、治るんだよ」

かすれた声で気怠げに答える弥勒に、伊織はハッとなった。間違いない。昨日、雨に濡れたせいで、彼は熱を出したのだ。

「そんなもん吸ったら、治るものも治らないって。ほら、部屋戻るよ」

「うるせーよ。おまえは歩でもかまってろ」

「あのね恭一、熱で具合悪くていつも以上に凶暴フェイスになってるおまえに、みんなびっくりしてるの。いいから、おとなしく部屋で寝てな」

びっくりというよりも、びくびくしていたような気がしないでもないが、それはこの際置いておこう。

芹沢がぐずる弥勒を強引に立たせると、眩暈を覚えたのか彼の足元がフラついた。しかし、慌てず騒がず、しっかりと弥勒の腰を支えた芹沢は、中腰になってこちらを見ている伊織に、笑顔で言った。

「伊織さん、悪いけどおかゆ頼んでいいかな。薬を飲むにしても、何か胃に入れてからじゃないとダメだし。あと、アイスノンとかあったら、それもお願いします」

「…わかったよ。できるだけすぐに持っていくから」

「どうもー。ほら恭一、手を回して」

「うざってえな」

憎まれ口をたたきながらも、弥勒は素直に芹沢の肩に腕を回して身体を預ける。

ふたりが出ていった後、残った面々が口々に『不機嫌だったんじゃなくて、具合が悪かったたんだな』と苦笑している中、伊織はまたも芹沢に対する嫉妬を覚え、そんな自分に気づいて自己嫌悪に陥った。

人様のお宅の大事な子供を預かっておきながら、自らが原因で体調を崩させるなど論外だ。しかも、それに気づけなかった。というのは建前で、弥勒の変調が芹沢にはわかって、自分にはわからなかったのがものすごく悔しい、というのが本音。

あともうひとつ、弥勒があんなにも無防備に芹沢に身体を預けるのもショックだった。熱を測るためとはいえ、芹沢が何の躊躇もなく弥勒の額に触れた瞬間、果たして自分はどんな表情をしていたのだろう。考えただけで嫌になる。

弥勒に魅かれている。でも、応えられない。だけど、彼の瞳に映るのは自分だけがいい。

あまりに自分勝手な言い草に、嫌悪感すら湧いてくる。

こんなにも、こころが掻き乱れるのは、もしかしたら柴田の時以上かもしれない。

「伊織さん、俺、手伝おっか?」

小首をかしげて訊ねてくる歩に、伊織は微笑みを貼りつかせて答えた。

「ありがとう。でも、歩くんたちは大学に行かないとね。時間は平気?」

自分の指摘に慌てて食事をすませて出かけた彼らを見送ると、伊織はできたてのおかゆとりんご果物ナイフ、解熱剤と体温計、アイスノンなどを盆にのせて二階へと足を運んだ。

小さくドアをノックすると、すぐに芹沢が顔を出し、大きくドアを開いて部屋の中に招き入れてくれた。

「どうもすいませんねー。恭一のヤツ、丈夫だけがとりえのはずなのに、鬼の霍乱《かくらん》って感じ」

「もとはといえば、僕のせいだし」

弥勒の勉強机の上に盆を置き、そっとベッドをうかがうと、鬼呼ばわりされた本人は微かな寝息をたてて眠っている。

「恭一くん、寝ちゃったんだね」

「熱に体力奪われてる分、寝て回復するんじゃないかな」

寝る子は育つって言うしと、まるで無関係の台詞を吐いている芹沢を、伊織は複雑な思いで見つめる。そんな自分を、芹沢もまた静かに見返してきた。

「大学はいいの？　歩くんたち、出かけたけど」

「平気平気。今日は必須科目ないし。普段マジメに通ってるから、一日くらいはね」

「…そう」

「あれ。ちょっと不満そう？」

「そんなことないよ。なに言って…」

「じゃあ、恭一はおれがずっと看病しよーかなあ」

意思に叛《そむ》いて、感情が溢れ出そうとする。

平然とした素振りをしなくちゃ駄目なのに、動揺が身体中を駆け巡る。

「まず、寝汗を大量にかくと思うから、目を覚ましたら着替えさせるでしょ。と－ぜん、服を脱がさなきゃだから裸になるよね。濡れタオルで身体を拭いてやってもいいかな。そうそう、おかゆも食べさせてあげなきゃ。なんていうかこう、背中を支えてやりながら『はい、お口あ～んして』とか言ってね。あ。もしかしたら、『まだ起きあがれないから水を飲ませてくれ』なんて言われて、口移しで飲ませちゃったりして。それから…」

「僕が！　……僕が、看病する」

我慢が臨界点を超えた。

まるで実況中継のように次々と言われる台詞に、芹沢が弥勒に触れる様をリアルに想像してしまい、彼の言葉を悲鳴じみた声で遮った。

よくよく考えれば、着替えはともかく弥勒がその他のことを芹沢にさせるわけがないのだが、嫉妬心に目を奪われてしまった伊織に、冷静な状況分析は無理だった。

「だから、恭一くんに触らないで」

数秒後、自らが言った台詞の内容を理解した伊織は、芹沢の目の前でこれ以上ないというくらい赤面した。穴があったら入りたいとは、まさにこのような瞬間のことを言うのだろう。

「あらら、まっかっか。可愛いねー、伊織さん」

「い、今のは……その、なんていうか…」

取りつくろうにも、一度口から出た言葉は二度と撤回できない。

あわあわと狼狽える伊織に、芹沢はにっこりと微笑んでみせた。

「いやあ。やっと伊織さんの本音が聞けてうれしいなー。そうか。恭一に触っちゃダメなのか。じゃあ今までみたいに、恭一を抱きしめたり、風呂一緒したり、たまーにここに泊まったりとかもしちゃダメなのかな?」

「…それって、歩くんは知ってるの?」

「うん」

にこにこにこにこ。天使もかくやという綺麗な微笑みで、しれっと頷く芹沢に、伊織はひどい頭痛を覚えた。そしてここに及んで、だいぶ落ち着きを取り戻すと同時に、自分が芹沢の煽動作戦にまんまと引っかかったことに思い至る。

「君、わざと歩くんを妬かせようとか思ってるでしょ」

「伊織さんも妬いてくれたけどね。ただし、おれに」

「……………っ」

あんな恥ずかしい台詞を言った後だけに、今さらどんな言い訳をしても通用しない。

頬にほんのりと朱を残す伊織にもう一度微笑むと、芹沢は大きく伸びをしてドアに向かった。

「んじゃ、あとよろしく。おれは大学に行ってくるんで」

「……行ってらっしゃい」

ほかに言いようがなくてそう言うと、思いがけなく真剣な芹沢の瞳があった。

「恭一はね、伊織さんへの想いにケリをつけるために、あなたに嫌われる覚悟で以前とは態度を変えた。少なくともあなたには、そいつに何らかのきちっとした答えを示す必要がある」

「…………」

「過去は過去だよ、伊織さん」

「！」

ハッと目を瞠《みは》った伊織にひらひらと片手を振り、広い背中がドアの向こうに消える。

しばらく呆然と閉まったドアを見つめていたが、低い呻き声にふと我に返り、ベッドの方に顔を向けると、暑いのか弥勒が掛け布団を床に蹴り落としている。

苦笑しながらベッドまで歩み寄り、布団を元どおりかけてから、伊織はそっと手を伸ばして弥勒の額に触れた。

「まだ熱いかな。薬を飲んだ方がいいんだけど、起こすのかわいそ…」

「……芹沢？」

かすれた声が弥勒の覚醒を知らせてくれたが、何となくムッとする。

額の手をどけて、伊織は彼の顔を覗き込むように腰を曲げた。

「隼人くんじゃなくてごめんね。君の看病は僕がするから」

「あ？　伊織さん？」

「そう。じゃあ早速、おかゆ食べようね。その後、薬だよ」

「…あんまし、食いたくねー」

わかる気はするが、それでは体力も回復しないし薬も飲めない。こんな時は、無理してでも多少は食べた方がいいのだ。

困ったような顔をしている弥勒を後目《しりめ》に、伊織は彼の勉強机の椅子をベッドサイドまで運び、次いでおかゆの入った小どんぶりを手に座った。

「気持ちはわかるけど、何か胃に入れて薬を飲んだ方が楽になるから」

「寝てりゃ治る」

「でも、つらそうな恭一くんを見るのは僕もつらいし」

「…あなたのせいじゃない」

速い呼吸の下、気にするなと淡く笑う弥勒は、伊織が大家としての単なる義務感から看病していると信じて疑っていないようだ。

本当ならそう思ってくれた方が助かるのだが、この時の自分は、芹沢への対抗心が根強く残っていたのか、いつになく積極的だった。

「ほんの少しでいいから食べて。お願いだから」

言うと、伊織はおかゆをレンゲに掬い、ふぅふぅと冷ましてから、こぼれないよう下に片手を添えて弥勒の口元に持っていき、お約束の台詞を吐いた。

「はい。お口あ～んして」

正直、第三者には見せられないマヌケな絵ヅラである。

新婚さん、もしくは子供相手、否、百歩譲って歯科医が患者に言うならいざ知らず、デカイ図体の二十歳を過ぎた男に、しかも男が言う台詞ではない。

言われた側の弥勒も自分の耳を疑っているらしく、瞬時にして眉間に数本の縦皺を刻んだ。

「…やべ。俺、幻聴とか聞こえ出した」

「幻聴じゃなくて現実！　いいから、お口あ～んして恭一くん」

誰よりも一番恥ずかしい思いをしている伊織が赤面しながら言うと、弥勒がぱかっと口を開けてくれた。そそくさとレンゲに掬ったおかゆを注ぎ入れ、彼が咀嚼《そしゃく》し飲み込むのを待つ。

五回ほどそれを繰り返したところで、弥勒の口からストップがかかった。

「サンキュ。もーいい」

「うん。そしたら、薬を飲もうね」

「ああ」

おかゆの入った小どんぶりと引き換えに、盆に置いてあるグラスと解熱剤を取りに立った際、片肘を立ててベッドに身を起こそうとしている弥勒を見咎《みとが》める。

「いいから。そのまま寝てて」

「でも、薬飲むんじゃ…」

弥勒が視線をあげた瞬間、伊織は錠剤を彼の口に放り込んだ。苦いと顔を歪ませる弥勒に、口に含んだグラスの水を口移しに飲ませる。熱で潤んだ瞳に驚愕の色が見て取れた。

唇を離し、弥勒をベッドにきちんと寝かせながら静かに訊ねる。

「まだ、水、いる?」

囁くような声になったのは、決して意図したわけではないのだが、弥勒は珍しくとても弱り果てた表情をしてみせた。

「こんな時に、そんな顔して、誘わないでくんない?」

「恭一くん?」

「あなたをベッドに引き摺り込みたくても、できない自分が情けなくなってくっから」

「………っ」

艶《あで》やかに微笑まれてどきまぎする伊織の頬に、弥勒はそっと熱い手を伸ばして触れた。

「たまには病気になんのもいっか。あなたにこんなに優しくしてもらえる」

ふわりと笑んだ弥勒の無邪気な笑顔が可愛くて、思わず伊織が微笑み返すと、弥勒がフッと瞳を閉じた。

すぐに聞こえてきた寝息に小さく息をつき、弥勒の手を布団の中に戻して立ちあがる。

持ってきたアイスノンをタオルで巻いて首の下に置き、額には冷えピタガードを貼りつけた。

彼が眠っている間に洗濯をすませ、今度目覚めた時には着替えさせよう。

無防備に眠る弥勒の寝顔を見つめる伊織の眼差しは、愛しい者を見るそれに違いなかった。

◇◆◇その男、野獣につき◇◆◇

今朝もまた、弥勒は朝食の準備に勤しむ伊織を背後から抱きしめていた。細い腰に両腕を回し、白い首筋に顔を埋め、時折軽く歯をたてたり舐めたり吸いあげる。

「恭一くん、邪魔しないでくれるかな」

困ったように微笑みながらも、包丁を握る手は正確なリズムを刻み、手元は狂わない。

ちょっと調子に乗ってわざとイチモツを彼の背中に擦りつけると、ピタッと手が止まり、目の前十センチのところに切れ味抜群の包丁が突きつけられた。

「邪魔、しないでくれる？」

「へ～い。わっかりました」

いくら弥勒でも、飛び道具を出されたら引くほかない。

名残惜しげに伊織の耳朶を甘咬みし、キッと振り向く彼からそそくさと逃げ出す。

呆れたように自分を睨む彼にウインクしながら、おとなしく自分の席に腰を下ろした。

歩あたりなら、いそいそと手伝うのだろうが、自分は致命的に家事が下手なので、初めから手を出さずにいる。それは伊織も承知していて、食器洗いや食器を拭くという簡単なことすら自分には頼まない。

ここ最近、おばさんが朝は大概、庭の草花の手入れか愛犬の散歩で、この時間帯にはまずいないのをいいことに、伊織に迫りまくっている弥勒だった。

テーブルに頬杖をついて、忙しく立ち働く伊織の後ろ姿をジッと見つめる。

幸い、彼に風邪がうつることもなく、自分もすでに全快済み。数年ぶりにひいた風邪は思わぬほど長引いて弥勒を苦しめたが、その分伊織に甘やかしてもらえるという役得もあった。

看病してくれるのはうれしいが、いかにも病弱そうな線の細い彼が心配で、何度も芹沢とかわってていいと申し出ても、ガンとして受け入れられず、しまいには『僕は君より丈夫だよ』と言って、本当に風邪ウイルスに感染しなかった。

実は伊織も密かに風邪薬を飲んでいたとは、弥勒の永遠に知らないところである。

手ずからおかゆを食べさせてくれるのはおろか、汗で濡れた服を脱がせて身体を拭いてくれたり、ねだれば口移しで水を飲ませてもくれた。そのまま深いくちづけをしても、伊織は何も言わずに許した。時々、夢か現実かわからなくなりそうだったが、彼の瞳に時折浮かぶ迷いの色が、弥勒にこれは現実だと教えた。

ただ間違いなく言えるのは、伊織が自分を嫌ってはいないということ。そうでなければ、あんなに懸命な看病などしてくれるはずがない。同性同士であるがゆえに、単なる好意だけで口移しで水は飲ませてくれないだろう。

憎からず思っている相手なのに、彼が自分を拒否する理由が知りたい。

綺麗な瞳に浮かぶ迷いが何なのか、伊織の過去を解き明かしたい。

伊織が迷うのならば自分が選ぶと宣言したとおり、弥勒は彼との未来をその手に摑むためなら、どんな手段も厭《いと》わない覚悟でいた。そう、たとえ伊織を傷つけようと、彼の過去を知ることで己が痛みを知る結果になろうとも。

「伊織さん、昔、何があった？」

遠回しでも何でもない、飾り気ゼロの直球で訊ねると、大きなボールに割り入れた卵を菜箸で攪拌していた手が一瞬止まった。しかし、すぐにまたリズミカルに動き始める。

「昔って、イギリス留学の時の話？」

六年もいたから色々あるけど何を話そうかと楽しげに答える伊織を、さらに追いつめる。

「あなたが、いまだに縛られてる過去を知りたい」

「…………」

「それが邪魔して、俺を受け入れねーんだろ？」

再び、手が止まった。ゆっくりと振り向いた伊織の表情は、見ているこちらの方が心配になるほど蒼ざめていた。

「…人の過去をむやみに聞くのは悪趣味だよ、恭一くん」

「言ったろ？　俺はあなたを傷つけるって」

だが、追及の手は止めない。

「俺を好きなくせに、どーして拒否すんの。その理由を俺が納得できるように説明してくれたら過去の詮索はやめるけど？」

「君に話す義務はないよ。……ごめん、ちょっと気分が悪い」

「伊織さん！」

逃げるように食堂を出ていった伊織を追いかけようかどうか迷っていると、入れ替わりにおばさんがやってきた。今の時間帯は庭にいるか犬の散歩のはずの彼女の登場に驚く弥勒に、おはようと優しげな声がかかる。

「はよーございマス」

小さく頭を下げると、彼女はふくよかな身体にエプロンをつけながら笑った。

「あらまあ、珍しく気分が悪いとか言ってピンチヒッターを頼んできたと思ったら、そういうことだったの。あの子らしいわねえ」

「……え？」

伊織が彼女に仕事を任せたのはわかったが、それ以外はわからない。はて？　と首をかしげる弥勒に、彼女は軽くウインクする。

「あの子ね、何かで自分の分が悪くなると、すぐ逃げ出すのよ。子供の頃からそう。今は前と比べたら断然よくなってるとは思うけど、昔は、やれお腹が痛いだの吐きそうだの言ってたわ。イギリス留学もね、こっちの大学で何かあったみたい。この子ったら、また何かから逃げようとしてるってわかったわ。でも、何だかすごくつらそうだったから、行かせてあげたの。何だかんだ言っても、ひとり息子には弱くて」

苦笑しながら、彼女は伊織のやりかけた料理に手をつける。

「今朝はきっと恭一くんと喧嘩して、負けそうになったから逃げたのね」

「あ、いや。喧嘩ってゆーか、俺が一方的に…」

「いいのいいの。ビシバシ鍛えてやって。外国で生活して多少は精神的に逞しくなったっていっても、根っこの部分が変わるわけじゃないもの。何か問題に直面した時、立ち向かうだけの根性を養わないとね。いい年して、いつまでも逃げ回ってるだけじゃダメダメ」

ああいう神経が細いところまで父さんに似なくてもいいのにと、溜息をつく彼女は確かに、何事においても肝の据わった態度を見せるに違いない。

母親だから子供は余計に頼りなく見えるものなのかもしれないが、自分から見る伊織像とは、けっこう違うんだなと不思議に思った。

見た目は儚げで頼りないが、芯はしっかりした美人だという伊織の認識に、少し修正が必要になりそうだ。

「んじゃ、遠慮なくビシバシといきますか」

「お願いね、恭一くん」

背中越しに笑う彼女に、弥勒もまたにっこりと笑みを返すのだった。


その日の夜、夕食も風呂もさっさとすませた弥勒は、自室で他の人間が寝静まるのを待った。気分が悪いと宣言したとおり、伊織は朝から姿を見せず、夕食にも同席しなかった。他の連中から『おまえの風邪がうつったんだ』と散々責められたが、それには曖昧に言葉を濁した。芹沢だけは、何もかもわかっているとでも言いたげな笑みを湛えていたので、何となく居心地が悪かったが。

銜え煙草のまま机の上のデジタル時計を見ると、十一時三十七分と表示されている。

親指と人差指で煙草を摘み、灰皿で揉み消す。紫煙を吐き出しながら、片手にマルボロの箱とライターを手にゆっくりと床から立ちあがった。

音を立てないよう静かに部屋のドアを開閉する。静まり返った廊下を足音を忍ばせて歩き、中でも階段は慎重に下りた。そして、階段のすぐ横にある部屋の前に立ち、ドアを小さく二度ノックした。

数秒後、伊織の誰何《すいか》の声が聞こえたが、返事はせずにもう一度ノックを繰り返す。

「母さん？　こんな時間にどうし…」

「どーもー。俺」

「………っ」

自分の顔を見た途端、開けたドアを瞬時に閉めようとした伊織を、無論弥勒が許すはずがない。

右足をガッとドアの隙間にねじ込み、不意をつかれた伊織が力を抜いた瞬間を見計らってドアをこじ開け、さっさと身体を室内に滑り込ませた。

驚きに目を瞠る彼を見下ろしてニヤリと笑い、後ろ手に鍵をかける。

「…人を訪ねる時間にしては、遅すぎると思うけど」

動揺を抑えて非難する伊織の声は、しかし微かに震えていた。

「いや。夜這いにはちょっと早いくらいだって」

「な……っ」

「今朝の話のつづき、ベッドでしよーか」

「お断りだよ。出ていって」

「やだね。あなたの本心を聞くまでは、ここを動かない」

「だから、君の気持ちはうれしいけど、僕は応えられないって…」

「それじゃ納得できねーよ。あなたは俺が好きなはずだ。だろ？」

「………」

きゅっと唇を咬んだ伊織に、弥勒は口元に笑みを刷《は》きながら近づいた。

尖った顎に軽く手を添え、視線を強引に絡ませる。

「今度は、俺から逃げるつもり？」

「！」

「でも残念。俺があなたを逃がさない。絶対に」

激しい動揺の色が滲《にじ》む茶の瞳を見つめたまま、弥勒が顔をかたむけ腰を屈めた。

伊織が自分の意図に気づいて逃げ出す前に、腕を身体に巻きつける。

「やだ、恭一くん。はな……ぅんんっ」

深い深いくちづけで、伊織から抵抗力と思考力だけでなく、足腰の力も奪った弥勒は、力の抜けた細い身体をこともなげに腕に抱きあげてベッドへ運んだ。そっと優しくシーツの上に伊織を下ろし、ベッドサイドのチェストに煙草とライターを置くと、体重をかけないよう気をつけて自分も彼に覆いかぶさる。

「伊織さん、あなたのすべてを見せて」

「…や……」

弱々しく頭を振る伊織の顔中に唇を落としながら、パジャマのボタンを外していく。

「俺が好きなら、俺から逃げないで。あなたは、俺だけを見てればいい」

恐ろしく傲慢な台詞だが、弥勒の正直な本音だった。

いくら過去のこととはいえ、伊織が自分以外の何かに縛られているのは我慢ならない。

「や…め……いやっ」

パジャマのズボンの上から手を入れて、下半身を刺激する。しばらくは下着越しに触れるだけだったが、やがて伊織自身を掌《てのひら》に感じた。

思い出したように激しく抵抗し出した伊織を体重と片手で押さえ込んだまま、細身の彼に似合いの果実を徐々に追いあげる。忙しなくもあえかな吐息を振りこぼす唇にむしゃぶりついて、思うさま口内を蹂躙し尽くした頃、伊織が小さな悲鳴をあげて絶頂を極めた。

掌に受けとめた少し粘つく液体をチェストにあったティッシュで拭きとった後、ふと彼に視線を戻した弥勒は思わず絶句する。

明らかに、つい今しがたもたらされた快楽によるものではない透明な涙が、伊織の白い頬を伝ってシーツに染みを作っていたのだ。

声を押し殺して静かに泣くその姿には、さすがの弥勒も躊躇を覚える。

もし相手が伊織以外の人間であれば、泣こうが喚こうが気がすむまで欲望を満たすべく、己の凶器を埋没させて腰の運動をするところだが、伊織にだけは乱暴な狼籍は働けない。

困り果てた挙げ句、結局弥勒は、はだけさせたパジャマを元どおりに着せてやり、宥めるように伊織の目尻にくちづけて涙をぬぐった。

「…俺に抱かれんの、泣くほどヤなわけ」

弥勒には珍しくかなりヘコみながら力なく呟くと、枕に片頬をつけて視線を伏せていた伊織が睫毛を震わせて涙に潤んだ瞳を見せた。

「俺と寝るの、そんなにヤだったりすんの」

「…………」

絡ませた視線の先で、微かな逡巡の後、彼がごく僅かに首を振る。現金にもそれに勇気を得た弥勒が、その先を促すように伊織の唇の端を舐める。

「んじゃ、何で泣くの」

甘い睦言めいた囁きは、枕に散った柔らかな黒髪のひとすじまでをも包み込む。

辛抱強く伊織の返事を待つ間、弥勒はどこまでも優しいだけの接触に終始した。

性欲大魔神の弥勒にとっては、人生初の快挙である。

「……君を…傷つけて、しまうから」

「？」

しかし思いがけないその返答に、咄嗟に言葉を失った弥勒。

欲しくてたまらなかった人をこの手に抱く行為が、伊織を心身ともに傷つけるというのなら話はわかるが、それで自分が傷つくとはまず考えられない。

間違いなく『いやっほう』と雄叫《おたけ》びをあげながら伊織に跨がり、ロデオの騎手も真っ蒼の腕前を惜しげもなく延々と披露するだろう。

熟考した末、ようやく思い浮かんだ案をとりあえず口にしてみる。

「や。なんつーか、背中に爪たてられたりとかは、俺的にはうれしかったりするけど」

「……違うよ」

「あれ？」

違うのか。でも、ＳＥＸの最中に抱く側が被る傷といえば、それしか思いつかない。

目許を色っぽく朱に染めた伊織にダメ出しをされて、弥勒はさらに考えた。

「あ。もしかして伊織さん、咬みグセとかあんの？　ＳＥＸに夢中になると、相手の身体にこうカプッと。別に俺、あなたにならっ…」

「ない！　そんなことしないよっ」

ついつい伊織に可愛らしく咬みつかれるところを妄想してしまい、ニヤニヤ笑いながら言うと、下からキッと睨まれて猛反撃を食らった。

こうなると、もうお手上げである。伊織が何を危惧しているのか、さっぱりわからない。

「ゆってる意味がわかんねー。あなたを抱いたら、何で俺が傷つくかな」

「僕はもう二度と、誰も傷つけたくない」

「はあ？」

「だから。だから君を、好きになるわけには、いかないよ」

「伊織さん…」

こんなせつない眼差しで、この人は自分を拒否しているつもりなのだろうか。

明確とはいえない伊織の返答では、とても真意は測りかねる。伊織が何を怖れているのか見当すらつかないが、彼を呪縛しつづける過去を払拭しない限り、本当の意味での伊織自身を手に入れることは不可能だと悟った。

「俺は、あなたになら傷つけられてもいーんだけど、ってゆってもダメ？」

別にマゾじゃねーけどと笑うと、伊織は困ったように眉根を寄せた。

「君だから、傷つけたく、ない」

「！」

弥勒は至近距離で心臓のド真ん中に鉛玉を撃ち込まれて、あえなく昇天した。

おそらく、伊織は今の台詞が自分に及ぼした影響など、これっぽっちも考えていないと思うが、誰が聞いても間違いなく『君が大切で仕方ないの♡』という殺し文句である。

「…俺に理性を求めさせたのは、あなたが最初で最後だな」

鼻息が荒くなるのをどうにか抑え、伊織の上から身体をどけると、枕元にドカッと座って情けなくも震える手でチェストの煙草を鷲掴む。今にも暴れ出しそうな欲望を何とか紛らわせるために、いつもより深く煙を吸い込んだ。

肺いっぱいに広がる苦さに顔をしかめた後、ゆっくりと紫煙を吐き出しながら、立ちあがって窓を開けにいく。観音開きのそれを開き、窓枠に軽く腰掛けて夜空を仰ぐ。背後で小さく身じろぐ音がしたが、振り向かずに闇夜にぽっかり浮かぶ月を見つめていると、囁くような声で名前を呼ばれた。

いくぶん落ち着きを取り戻した弥勒が、銜え煙草のまま顔を巡らせる。目の前に、可愛らしくリボンの施された小箱が差し出されていた。

「なに、これ？」

訝しげな表情で訊ねた弥勒に、伊織が短く答える。

「灰皿」

「ああ。……え？　ちょっと待って。わざわざ俺に、ってこと？」

伊織は喫煙しない。だからもちろん、彼の部屋には灰皿など置いていない。それに丁寧にラッピングされた箱は、どこかから購入してきた事実を物語っている。

「でかけたついでだよ。君の誕生日が近いって聞いてたし」

早口でそう言う伊織の頬は、照れくさいのか僅かに紅潮ぎみだ。

信じられない思いで差し出された箱を受け取り、ガサガサと音を立ててラッピングを解くと、中からシンプルなデザインの漆黒の灰皿が出てきた。自然と口元が綻ぶ。

「サンキュ、伊織さん。大切にするよ」

目を細めて礼を言う弥勒に、気に入ってもらえたと安堵したのか、伊織もホッとしたように微笑んだ。

「君に、とても似合いそうだと思ったけど、ほんとによく似合って…」

弥勒が『え？』と思った瞬間、伊織もハッと気づいたらしい。慌てて視線を逸らして踵を返そうとした細い身体を、一瞬だけ早く弥勒が腕に閉じ込めた。弱々しく抵抗する彼をきつく抱きしめる。あきらめたのかおとなしくなった伊織から片腕だけ解き、今もらったばかりの灰皿を机に置いて、早速銜えていた煙草を揉み消す。

「マージーで。あなたは俺の理性に喧嘩売ってばっかだな」

柄《ガラ》にもなく溜息をつきながら苦笑する。

伊織の腰に両腕を回して少し身体を離すと、唇を咬みしめた表情とぶつかった。

揺れる瞳に浮かぶ迷いを読み取れる自分を少々恨めしく思いつつ、弥勒は虐《しいた》げられている柔らかな唇の救助に向かう。

「あーあ。せっかくのぷにゅぷにゅ唇、咬んじゃダメだって」

言った直後、顔をかたむけて伊織にくちづけた。

やはり戸惑いの色を浮かべた瞳は、数秒後には静かに伏せられる。

「今夜のところはあなたの涙に免じて引くけど、あきらめたわけじゃねーから。心配しなくても明日以降もガンガン迫り倒すよ」

「…これが……心配な、か…す………んっ」

くちづけの合間に囁くと細やかな反論が返ってきたが、弥勒はさらに深く彼を貪った。

伊織のこころの奥深くに根強くある何かを、どうにかして知りたい。本人が口を割らないのは痛いが、方法なら探せばいくらでも見つかるだろう。

不意に、漆黒の灰皿が視界に入る。自分に似合いそうだからという可愛らしい理由で、わざわざ買ってきてくれた行為が、今の伊織には精一杯の愛情表現なのかもしれない。

必ず、彼を過去の呪縛から解き放つ。

甘い唇を堪能しながら決意する弥勒に、事態は思わぬ展開を見せることになるのだった。

待ちあわせ場所のカフェに姿を現した連れに、伊織は軽く手をあげて微笑んだ。向こうもそれとほぼ同時に自分を見つけたらしく、口元を綻ばせて歩み寄ってくる。

「ごめんね。遅れちゃった」

「ううん。急に呼び出して、こっちこそごめん」

可愛らしく首をすくめて謝る彼女に緩く首を振り、紅茶でいいかと確認をとる。レモンティーでお願いと頷く彼女は、すでに冬を先取りしているのか、少し厚めのクリーム色のニットの膝丈ワンピースに落ち着いた色合いの茶のロングブーツ姿だった。ほっそりとした首筋には、ブーツと同系色のファーをあしらい、薄手のハーフコートは手に持っている。

身体のラインが丸分かりの大胆な装いだが、食べてもいっこうに身にならない恵まれた体質と、健康のためにと週三日ほど通っているトレーニングジムの成果で、感嘆と羨望の眼差し以外は決して注がれない。

伊織の二杯目と彼女の紅茶が運ばれてきた。静々とさがっていく店員に黙礼しながら、伊織はくだけた笑顔をみせた。

「雪彦《ゆきひこ》さんは元気？」

「うん。元気すぎて、今なんかシカゴに行っちゃってる」

入れすぎじゃないのかというくらい琥珀色の液体にシュガーをたっぷり入れる彼女の名前は、長瀬麻理子《ながせまりこ》。父方の従姉妹《いとこ》で同い年でもある。

二年前に一回り近く年上の外科医、長瀬雪彦氏と結婚。初めて婚約者だと彼を紹介された時、伊織は正直冗談かと思った。年齢差もあったが、まるでクマのようなとしか表現できない容姿の長瀬に、どういう反応を返したものかたっぷり十秒は迷ったのを覚えている。

横も縦も大柄、不精ひげもそのまま、グローブと見紛う大きさの手で握手を求められて、ざんばらの前髪から覗く澄んだ色を湛えた瞳と視線があった瞬間、だが納得した。長瀬の眼差しはとても優しくて、温かさに溢れていたのだ。ファザコンを自称する麻理子には似合いの相手に思え、伊織もすぐに彼に好感を持った。

「あいかわらず忙しそうだね」

「仕事柄しょうがないけど。伊織ちゃんの方はどうなの。叔母さま元気？」

外見はかなりイケイケなオトナの女に見える麻理子だが、中身は意外と乙女ちっくだ。話し方もテキパキとは程遠く、どちらかというと愛らしい。しかし、大学院にまで行って法医学を研究していたせいなのか、性格的には常に客観的な立場で冷静に物事を分析する。

「うん。麻理によろしくって。僕もあいかわらず、のんびり仕事させてもらってるよ」

「そう？　そのわりには、寝不足って顔してるよ。何かあったのね」

だから、私を呼んだんでしょ？

はんなりと微笑まれ、伊織は彼女の鋭い観察眼に苦笑を漏らした。

「麻理は死体相手だけじゃなくて、心理カウンセラーにもなれるんじゃないの」

「否定はしないけど、私は死体の方がいいな。生きてる人間はちょっと面倒だもん」

そんな理由で法医学を選んだのかとつっこみたくなるが、価値観は人それぞれなので思うだけにとどめておく。

「でもね、伊織ちゃんは特別だからちっとも面倒なんて思わないよ。何があったの？」

幼い頃から仲は良かったが、柴田との一件以来、麻理子は以前にもまして自分を気にかけてくれるようになった。あの時、尋常でなく落ち込んでいた自分を見兼ねたのか、ウチに泊まり込んでまでそばにいてくれた彼女にだけは、すべてを話していた。

小さく小首をかしげて話を促す麻理子に、散々迷った末に懇願する。

「しばらく、麻理の家に泊めてほしいんだけど」

この申し出にはさすがに驚いたのか、麻理子は切れ長の瞳を珍しく瞠っている。

持っていたティーカップをソーサーに置き、テーブルに両肘をついて身を乗り出してきた。

「叔母さまと喧嘩……のわけないよね」

最愛の夫に瓜二つのひとり息子に、叔母がめろめろなのは一族の誰もが承知だ。麻理子も含め藤崎の親族がこぞって、叔父の忘れ形見である伊織を溺愛していて、隙あらばそばに置こうと画策しているのは、本人のあずかり知らないところだが。

「母さんには、雪彦さんが出張でいなくて寂しいから泊まりにきてって、麻理に頼まれたってウソついたんだ。まさか、本当に出張してるとは思わなかったけどね」

「わけを、聞かせて？」

麻理子の囁きに、伊織は僅かに困惑の表情を浮かべた後、いたずらっぽく微笑んだ。

「貞操の危機なんだよ」

「伊織ちゃんの？」

「そう、僕の」

「まあ。今まで絶対その気にならなかった伊織ちゃんが珍しい」

「夜這いをかけられたから、さすがにちょっと身の危険を感じ…」

「好きなのね、その人が」

「………っ」

笑顔が強ばる。

目の前にある整った顔立ちの従姉妹から咄嗟に視線を逸らすと、不意に頬を指でつつかれた。

「いいことだと思うな。伊織ちゃんが誰かを好きになるの」

「…好きじゃないよ」

うりうりと頬をつつく麻理子の手をやんわりとどかせながら、伊織は緩く首を振る。だが、長いつきあいの彼女に本心を隠すのは無理な相談だった。

「じゃあ、どうして伊織ちゃんは家を出る必要があるの？」

「だからそれは、身の危険を…」

「そんなの、『僕は君が嫌いだから触るな。無理強いするなら警察を呼ぶ』とでも言えばすむ問題でしょ？」

「…相手は将来がある学生だし、あまり騒ぎ立てるのも…」

しどろもどろに言いつくろう伊織に、麻理子は恐いくらいにっこり笑ってみせた。

「つまり伊織ちゃんは、その人に嫌いって言えないどころか、無理強いされても拒めない自分がわかってるから家出するわけね。やあだ、らぶらぶじゃん」

「………っ」

思いっきり図星を指され、思わず口元を手で覆って嘆息する伊織の頬は、気のせいではなく、うっすらと上気している。

柴田との一件以来、痛々しいほどに己をストイックに追い込んできた伊織を知る麻理子は、従兄弟にこんな表情をさせるその相手に俄然興味を覚えると同時に、ハタと気づく。

確か、伊織の下宿は男子大学生専用だったような気が――。

「ねえ伊織ちゃん。夜這いの相手はもしかしなくても、男の子だったりするの？」

「………」

「きゃ。年下の男の子に組み敷かれる伊織ちゃんて、なんだかエロティック♡」

「麻理……」

『きゃ』ってうれしがってどうすると思いながら、うんざりと片手で顔を覆い隠す。

伊織とて、何も好き好んで押し倒される側になっているわけではない。単なる体格差と、悔しいことに経験値の差によるものだ。

柴田に会うまでは普通に彼女もいて、身体の関係もそれなりにあった。だが、あのゴタゴタの後のこの十年間、自慰行為を除き、意図的に他人との性交渉を持たなかったわけだから、行為の衝動そのものを身体が忘れかけている。

要するに、現役かOBかという問題である。

現役の第一線でバリバリ活躍中の弥勒と、現役を退いて早十年、しかもこれから枯れる一方の若年寄りの自分とでは、メジャーリーガーとリトルリーグの選手並みにレベルが違う。

というかそれよりも、迫られている相手が同性だと聞けば、普通はもっと違う反応が返ってくるものではないだろうか。まかり間違っても、目をきらきら輝かせてうれしげに『きゃ♡』などと言ってる場合ではないと思う。

「麻理、身内として、その反応は何か違うんじゃ…」

顔を覆っていた手をおろし、少し遠慮がちに諫《いさ》めるような視線を投げかけると、麻理子はニッと口元をあげた。

「そうかな？　でもたぶんね、叔母さまも含めた藤崎一族全員一致で、伊織ちゃんをどこかの女にくれてやるくらいなら、一生独身かゲイ道を勧めると思うの」

「はあ？」

「だって、伊織ちゃんが結婚したら、こうして気軽に会えなくなっちゃう。ついでに言うとね、嫁のDNAが半分も入ったベビーを作らされて、パパとか呼ばれて、盆正月は嫁の実家に行って義理の両親なんかに気を使うのよ？　それで伊織ちゃんの横には、当たり前みたいにいっつも、嫁とベビーがいるの。ああ、やだやだ。想像しただけで鳥肌たっちゃった」

「………」

あの、もしも〜し？

今あなたがおっしゃったのが、現在の日本における極めて標準的な結婚生活のあり方だと思うんですが———。

呆然と瞬きを繰り返す伊織の前で、麻理子の独演会はさらに続く。

「もうね、いつ伊織ちゃんが見知らぬ女をつれてきて、『この人と結婚するよ』って言い出すかやきもきしてたんだけど、柴田 某《なにがし》の時に思ったの。知らない女に伊織ちゃんを持っていかれるよりは、まだ融通のききそうな男相手の方がいいかなって。叔父さまのことがよっぽど口惜しかったらしくて、藤崎家の人間も同意見みたい。あ。健康管理なら任せて。私と雪彦がいるからね」

でも、やっぱり衛生的にも避妊具はつけてSEXはしてね？

可愛らしい笑顔で言われて危うく頷きそうになったが、何とも恐ろしげな内容には違いない。

伊織は盛大な溜息をひとつつくと、処置なしといった感じで頭を軽く左右に振った。

「藤崎の家の意向はともかく、僕はこれから先も誰かと結婚する予定はないよ。だからその心配は杞憂だね」

無邪気な顔でとんでもない台詞を吐く従姉妹に苦笑しながら、紅茶を一口飲む。

「で、麻理。僕は、泊めてもらえるのかな？」

「いいけど、伊織ちゃん。ひとつだけ聞かせて」

「ん？」

ティーカップから視線をあげると、優しく微笑んだ麻理子の顔があった。

「その人のこと、好きになりかけたの？」

「…………」

「それとも、もう好きになってる？」

彼女の表情は、自分にだけは本音をさらしなさいと言っている。ひとりで秘密を抱える必要はないのだと、切れ長の瞳が囁きかける。

苦しいようなせつない微笑みとともに、伊織は最初で最後と思いながら、弥勒への想いを口にのせた。

「…好きだよ」

「そう」

小さく頷いた後、麻理子は手を伸ばして伊織の髪を撫でた。そして、フッと目を細める。

「雪彦が帰ってくるまでだけど、楽しく暮らそ。でも、忙しくてあんまり一緒にはいてあげられないかも。ごめんね」

「いいよ。どうせ僕も下宿の仕事で朝は早いし、夜も遅くなると思うから。寝に帰るだけみたいで悪いかな」

「全然。伊織ちゃんの寝顔、私大好きだもん」

「麻理、頼むからそんな台詞、雪彦さんの前では言わないでね」

「どうして？　雪彦も同じこと言ってたよ？」

「………」

この夫婦ばっかりはわからない。僅かに頬をひきつらせながら、伊織は思った。

自分が一族のアイドル的存在だという事実を、いまだに知らないのは彼だけである。

早速、家に帰って片づけとくと言う麻理子と別れ、夕飯の準備のために青葉荘に戻る道すがら、片手に持ったスーパーの袋を不意に奪われてハッとなる。慌てて横を向くと、うっすらと笑みを湛えた薄い唇が目の高さにあった。

「晩メシ何？」

黒いざつのうを幼稚園児のように斜めに肩から下げた弥勒が、軽々と袋を手に持って聞いてくる。

「恭一くん、びっくりするでしょ。ちゃんと声かけてね」

「驚かせよーと思ったんだよ」

悪童よろしく極めて悪《わっる》そうな顔をした弥勒に、伊織がプッと噴き出す。

「いたずら小僧みたいだね」

「んじゃ、いたずらついでに、もひとつ奪っとこ」

「え？　……んっ」

後頭部に大きな手が添えられたかと思うと、すぐに引き寄せられた。

抗う暇もなく、ぴったりと唇が塞がれる。

口内に侵入しようとした弥勒の舌を感じた瞬間、ここが往来だと思い出し、伊織はあらん限りの力で彼の厚い胸板を押し返した。

「ん……時と場所を考えなさいって、言ったのにっ」

「だって、伊織さんが時と場所を選ばずキレーだからさ」

「……っ」

そんな言い訳が通用するかとつっこみたかったが、見下ろす視線が恐ろしく真剣で、問い質《ただ》すのが逆に怖くなってやめた。迂闊に訊ねたが最後、熱を帯びた口調でまた同じ台詞を言われたらと思うと、頭痛までしてくる。

自分の容姿にとことん無頓着な伊織は、誰かに褒めてもらったところで社交辞令としか受け取らないため、弥勒をはじめ周囲が本気でそう言っているとは、夢にも思っていなかった。

「とにかく。こんな道端でするのはダメ」

「へーい。道端以外でやりゃいいわけね」

「…それもどうだろう」

遠慮がちなつっこみも馬耳東風で軽い足取りで歩き出した弥勒の背中を見ながら、伊織は再度大きな溜息をつく。

あの夜以降も、弥勒は以前と変わりなく口説いてくる。ひとつだけ変わったことといえば、隙あらば伊織の部屋に夜這いをかけようとする点だろう。今のところ、それは失敗に終わっているが、いつまた押し入られてしまうかわからない。

おそらく今度押し倒されたら、弥勒の情熱に流されて一線を超える。そうなるのは何としても避けたかった。

自分が誰かを好きになると、その人を傷つけると頑なに思い込んでいる伊織は、両想いの場合は例外だという事実に気づけずにいる。失った恋の記憶にばかり囚われて、新しい可能性を自ら摘みとる悪循環。

失敗を教訓に次に目を向ければいいものを、いつまでもうだうだと柴田の亡霊にとりつかれたまま足踏み状態の、何とも情けないありさまだ。

「伊織さん、なにボケッとしてんの？」

「ん？　ああ。何でもないよ」

数メートル先に行った弥勒が訝しげな顔で声をかけてきたのに、笑顔でそう答える。

小走りで追いつくと、長身の彼が再度夕飯のメニューを聞いてきた。

「今夜はメンチカツとジャーマンポテトだけど」

「うまそー。俺、絶対あなたを嫁にもらって、一生うまいメシ作ってもらお」

「誰が嫁なの、誰が」

苦笑しながらも、こころのどこかで弥勒の台詞にときめいていたが、その感情にも強引に蓋《ふた》をする。弥勒に強く魅かれていくほど眠れない日が続く自分に、また彼の友人である芹沢にどうしようもなく嫉妬してしまう自分に、伊織自身の戸惑いも日々強くなりつつあった。

◇◆◇その男、一途につき◇◆◇

「あれ？　この時間て、オペレーション『めぃくらぶ伊織さん♡』じゃないの」

「何だその、激しくバカ丸出しのタイトルは」

思わず口から煙草を落としそうになりながら、缶ビール片手に部屋に入ってきた芹沢を睨む。

机の上のデジタル時計に視線をやると、十一時五十二分となっていた。

「何って、伊織さんに夜這い大作戦って意味でしょ。今時、通い婚なんて新鮮だよね」

あれだけ慎重に誰にもバレないよう気をつけていたにもかかわらず、やはりこいつだけは侮れない。今さら否定するのも面倒なので、うんざりした表情を作るにとどめた。

「そーゆーおまえは、アホ坊主放ってきたのか」

「まさか。二ラウンドこなして、気持ちよーく昇天させてきました」

「あの坊主も毎日毎日、よく体力もつな」

「愛だよ愛。らぶ♡　ってヤツ」

わざわざ両手の親指と人差指でハートマークを作ってにっこり微笑む芹沢に、弥勒はけっと顔を顰めてみせた。

例のごとく弥勒に倣ってベッドを背に床に座ると、芹沢はのどを鳴らしてビールを飲んだ。

「まあ伊織さんの場合、毎日は無理っぽいよね。歩より華奢な気がするし」

「よけーな心配すんじゃねーよ」

芹沢の眼差しが、露骨に嫌そうな表情をした弥勒を心外なといったそれで見つめる。

「どこが余計なの。体力自慢のおまえに毎晩抱かれてたら、伊織さん絶対次の日の朝、起きれないよ？　てことは、おれたちの朝食の危機につながるでしょ。心配にもなるって」

へ理屈をこねさせたら、芹沢の右に出る者はいないに違いない。明らかに、好奇心以外の感情など不介在のくせに、それらしい理由を流暢に述べる。

弥勒はげんなりしながら小さく肩をすくめると、特にコメントもせず、立てていた片膝を伸ばして両足を投げ出し、天井に向かって紫煙を吐き出した。横顔に芹沢の視線を感じたが、故意に無視する。

短くなった煙草を灰皿に押しつけた頃、それまで黙っていた芹沢に名前を呼ばれ、返事のかわりに顔を巡らせた。

「しつこく何度も言うけど、伊織さんはおまえが好きだよ。自信持っていい」

そのいたわりと優しさに満ちた声音に、弥勒の口元が苦く綻ぶ。勘違いなのだが、芹沢にそんな気を使わせてしまうほど、自分は情けない顔をしていたらしい。

身体の脇に置いていた缶ビールを一口飲み、頬に苦笑を刻む。

「自信は底無しにある。ただ、俺から逃げるあの人の捜索方法を考えてただけ」

「おまえが黙って逃がしたの？」

「ここ二日、見事に逃げられてる」

「おやおや。さすが年上。手強いね」

くすくす笑う芹沢を軽く睨むが、すぐに自分も目を細めた。

「俺が好きなくせに、いつまでも過去にこだわって無駄な抵抗してんだよ」

「んじゃ、部屋にいないんだ？」

「もぬけのカラ」

「だけど、朝はちゃんといるよね」

「たぶんどっかから通ってんだろ」

「オンナのとこだったりして」

あっさりと自分が一番懸念していることを口にした芹沢に、弥勒は瞬時に眉間に縦皺を数本こしらえた。その目には『殺すぞ、おら』という闘志と苛立ちの色が滲んでいる。

「…芹沢くんは俺に殺されたいらしい」

地の底から響いてくるような低い声で言う弥勒に、栗色の瞳のハンサムはにっこり微笑んだ。

「うーん。恭一になら殺されてあげてもいいけど、歩のこと頼める？」

「…………」

子供以下の様子で泣き喚く歩を想像し、二秒で寒気を覚えた弥勒は即座に闘志を引っ込めた。

「いくら金を積まれても、あの坊主の面倒だけはみたくねーな」

「なにも、そこまで派手に苦手意識持たなくてもね」

さすがに苦笑する芹沢である。歩が弥勒を毛嫌いするのは自分が原因だからわかるが、弥勒の歩に対する態度はイマイチ理解できない。

弥勒とて別に歩が嫌いなわけではなく、単に子供嫌いが高じて、子供みたいな歩が苦手というだけなのだが、芹沢がそれを知るのはもう少し先だった。

「オンナのとこだろーがオトコのとこだろーが、とりあえずは情報収集しねーと」

「あれれ。恭一、ついにストーカーになり下がるんだね」

「何とでも言え。俺は、あの人を縛る過去をどーしても知りたいんだよ」

「まあ確かにそれがわかったら、おまえはかなり優位に立てるけど、伊織さんは悲しむかもね。人間誰しも、知られたくない過去のひとつやふたつあるもんでしょ」

それでもいいのかと問う芹沢の視線に、弥勒は不敵に笑ってみせた。

「おまえ、俺を誰だと思ってんの？　たとえ惚れてる相手だろーと、俺は必要なら傷つけるよ。泣いたところで、泣きやむまで慰めてやりゃいいだろ。俺がつける傷なんだから」

当然だろうと言いたげに傲慢な台詞を吐いた弥勒に、芹沢は小さく笑った。

「いいねー、すごく独善的で。伊織さんのすべてを手中に収めるつもりかい？」

肉体と精神だけでなく、過去も現在も未来もあらゆるもの全部。

「とーぜん」

きっぱり言い捨てて、残りのビールをあおる。

伊織が何かに縛られたまま動かないのなら、自分は多少強引な手段を使ってでも彼を奪う。おとなしくあきらめたり、指を銜えて見ているだけなんて、まっぴらごめんだ。

「あの人が見る夢でさえ、支配してもまだ足りねーな」

「あきれた独占欲だねー」

口ではそう言うものの、芹沢もまた同意見だというのは知っている。おっとり穏やかそうに見えて、恋人に関しては一歩も譲らない。

その後しばらくは、まったく違う話題で言葉を交わした。そして午前一時を回った頃、芹沢が空缶を手に立ちあがった。

「そろそろ戻るよ。歩が目を覚ますかもしれないし、おれがここに泊まると伊織さんがやきもち妬くからさ。最近、なんとなーく冷たいんだよね、おれに」

片手を頬に当ててしくしくと泣くフリをする芹沢に、思わず噴き出す。

「自業自得。おもしろがって、あの人の前で俺に絡むからだろーが」

何かにつけて弥勒に触れる芹沢に、歩はともかく伊織までが笑顔を凍らせて自分たちを、正確には芹沢を睨むのには、正直驚いた。それ以上に、身体に回された芹沢の腕を離そうと、弥勒が彼に触れようものなら、伊織は切れそうに唇を咬みしめるのだ。

「まあねえ。想像以上に可愛い反応してくれるから、ついつい調子にのっちゃって」

「あの人もだけど、絶対アホ坊主の方が先に神経焼き切れるんじゃねーの」

「それは困る。でも、やきもち妬く歩って可愛いしなー。うん。毎日恭一に絡むのやめて、二日に一遍くらいにしよ」

「おまえな…」

芹沢に懐かれる自分の負担も考えて、全面的にやめろよと言いたいところだが、嫉妬に狂う伊織の姿を見るのも捨て難く、結局はとめない方を選択する。

所詮、似たもの同士のふたりであった。こんな男どもに愛されるのは、果たして幸か不幸か、深く考えるところである。

「そんじゃ、おやすみ。健闘を祈ってるよ」

「ああ」

唐突にやってきて笑顔を残して去っていった友人に、弥勒は小さく口元を歪めた。

おそらくここ数日、歩との情事がすんだ後にシャワーを浴びにいくついでにでも、ノックで弥勒の在室の確認をしていたのだろう。

「うざってえほど、おせっかいなヤツだな」

罵る口調も、こころなしか柔らかい。

立ちあがって空缶と灰皿を片づける弥勒の表情は、一時間あまり前と比べてずいぶんと明るいものになっていた。


翌日、弥勒は思いがけないところで伊織を目撃することになった。

午後の講義が休講になり、かなり早い時間に大学を出た彼は、灰皿の礼に伊織にある物を買おうと街に来ていた。目当ての品を手に入れて満足し、さて帰ろうかと思った矢先に、視界に伊織が飛び込んできた。しかも、隣には自分から見てもかなりイケてる部類に入る美人を連れて。

最初は見間違いか人違いかとも思ったが、自分が彼を誰かと間違うはずがない。

伊織が美人と連れだって出てきた場所は、何と病院だった。

込みあげてくるドス黒い感情を持て余しながら、どこか具合でも悪いのかと思う一方で、女性と一緒に病院から出てきたという事実に、何となく不愉快になる。自分の、決して褒められたものではない過去の女性関係を思い出すに、女性につき添って病院に行く場合、考えられる理由はひとつしかなかった。

そんなことを思いつつ、ふたりが後にした病院の看板を見ていた弥勒は、いろんな科に混じって整然と書かれた産婦人科という文字を目にして顔をしかめた。何も、女性と歩いていたからといって、すぐにそういった関係があるとは限らないが、ふたりの雰囲気が妙に親密に見えた分、頭から否定もできない。

今まで、伊織の周囲に女性の影がなかったせいで安心しすぎていた。彼だって、健康な成人男子なのだから、異性に性的欲求を覚えても何の不思議もないのだ。

いつも、自分の腕の中でくちづけと抱擁を甘受しているからといって、それが伊織の性癖とはいいきれず、むしろ本能的には女性との関係を望んでいるに違いないだろう。

寄り添って歩く伊織と彼女は、肉体関係があるかないかを度外視して考えても、どう見ても似合いのカップルに見える。

「おいおい。二股かよ」

伊織が自分を好きなのも真実だと思うが、二股をかけられるハメになるのも意外すぎる。彼のこの二日にわたる外泊も、高い確率で彼女絡みとみた。

最初の衝撃が去ると、今度は腹の底から嫉妬心がわいてくる。相手の女性は無論だが、伊織自身にも激しい疑念と暴力的感情が生まれる。

速足で彼らに追いついた弥勒は、自分でも何をしようか具体的な考えがまとまったわけでもないのに、気づけばまったくの偶然を装って後ろから伊織に声をかけていた。

「あれ？　やっぱ伊織さんだ。なに、買い物？」

「恭一くん？　ど、どうしたの、学校は…」

おもしろいくらい狼狽える伊織に、内心そんなに後ろめたいのかと思いながらも、表面上は彼女の手前もあって普通の下宿人を演じる。

「うん、午後の講義休講になってさ。ちょっと買い物に。…あ。ちわっす。俺、伊織さんとこの下宿で世話んなってる者です」

ひょこっと目線だけを下げて挨拶すると、セミロングのさらさらの茶髪を揺らして彼女が小首をかしげた。

「こんにちは。いい男だね、君。もしよかったら、これから一緒にお昼でもどうかな」

「喜んで。……って、いいの伊織さん？」

渡りに船の美女の申し出に速攻で頷いた後、一応伊織にお伺いをたててみる。

僅かな逡巡の末、伊織はいつもの微笑みで快諾したが、動揺のすべては隠しきれていない。

彼女の希望で、そこから三分ほど歩いたところの定食屋に腰を落ち着けることになった。

「私は煮魚《にざかな》定食にしようかな。伊織ちゃんと君は？　あ、そうだ。君の名前を聞いてもいい？」

「弥勒。弥勒恭一」

おいおい、ちゃんづけかよと思いながら答えると、彼女は何度か口中で弥勒のフルネームを呟いてにっこり笑った。

「初めて聞く名字だけど、とても素敵な響きだね。君自身も印象的なのに、名前とセットになったら相乗効果で『みろく倍増』って感じ」

「………」

みろく倍増――魅力倍増……。

美人のオヤジギャグは初耳だが、どう考えてもおもしろくなかった。酒がしこたま入った泥酔状態の時ならまだ爆笑できたかもしれないが、素面《しらふ》で、しかも初対面では非常に対応に困る。

このけったいな名字に対する感想は、今までの誰よりも好意が持てるものだとしても、まさかこんな反応が返ってくるとは予想外だった。しかも、向かい合わせに座った位置から、『さあ笑え。とっとと笑え。遠慮なく笑え』という彼女の期待に満ちた眼差しがビシバシ痛い。

しかし、おもしろくないものは笑えないので、弥勒が正直にそれを口に出そうとすると、隣に座っていた伊織が小さく溜息をついた。

「麻理、恭一くんが困ってるよ。おもしろくないオヤジギャグで無理に笑わせないようにね」

「だめ？　けっこう自信作だったのにな」

本気で悔しがっているらしい彼女に、弥勒はつい今し方まで感じていた嫉妬心も忘れて、笑みをこぼした。どことなく憎めないキャラクターのような気がする。

「美人のオヤジギャグなんて、初めて聞いた」

「やだ。聞いた伊織ちゃん？　弥勒くんに美人って言われちゃった」

「名前、知りたいんですけど」

「長瀬麻理子っていうの。ほんとはね、旧姓の藤崎麻理子の方が、伊織ちゃんとお揃いで好きだったんだけど、まだ夫婦別姓が立法化されてないから仕方ないし」

本当に残念そうに言う麻理子の台詞に、弥勒は珍しく驚きの表情を浮かべた。

隣にいる伊織と正面の彼女を交互に見た後、最後に左手の細い薬指に光る指輪に目をとめる。

「人妻？　信じらんねー。っつーか、もったいねー」

伊織を本格的に口説く前の自分であれば、まず間違いなくアタックしてただろうと思えるほど好みのタイプだ。まあその場合、人妻でも関係なかったりするがなどと考えたところで、ふと思い至る。

既婚の麻理子の旧姓が伊織と同じだということは、偶然同じ名字だったのでない限り、単純に考えれば彼と彼女は何らかの血縁関係で結ばれている結論になる。

「きゃ。伊織ちゃん、どうしよう。こんなに褒められたの、結婚して初めて」

うきうきと少女のようにはしゃぐおとなの女性に、弥勒は思ったとおりの疑問を投げかけた。

「長瀬さんと伊織さんは、親類か何かなわけ？」

「うん。従兄弟同士。ちなみに同い年なの。弥勒くん、年上はきらい？」

「美人は年齢なんて気にする必要ないですって。長瀬さんも充分すぎるくらいキレーだ」

「もう、弥勒くん最高。今日はお姉さんがおごってあげるね」

隣に座る伊織はもっと綺麗だと思っているが、さすがに口には出さない。

この時点で、弥勒の機嫌はドン底から一気に浮上していた。

ドロボウ猫だと勘違いしていた相手が実は伊織の血縁者で、しかも既婚者。おまけに性格も容姿もいい。もともと好みの相手には言葉を惜しまない弥勒は、上機嫌なのも手伝っていつも以上のリップサービスをする。

「長瀬さんみたいな美しい人とメシ食えるだけでも光栄なのに、おごってまでもらえるなんて、マジでいいのかな」

「いいのいいの。監察医の給料はたかがしれてるけど、食事代くらいは平気だよ」

「え？　長瀬さん、医者だったりすんの？」

「死体専門だけどね」

「すっげ。才色兼備って、長瀬さんのための言葉だな」

「…惜しいよぉ。今のこの瞬間をビデオで撮りたいっ」

それでエンドレスで見るのと無邪気に笑う麻理子に微笑みながら、弥勒はこころの内に生じていた疑念と嫉妬がなくなっていくのを感じていた。

ふたりが病院から出てきたのは、つまりあそこが彼女の職場か何かで、おそらくランチを一緒に食べる約束をしていて、待ちあわせていたのだろう。

疑問が解けてしまえば、楽しいランチタイムの始まりだ。品書きを一読し、チキン南蛮定食に決めて隣を見る。

「長瀬さんは煮魚定食で、俺はチキン南蛮定食。伊織さんは…」

「サバみりん定食を頼んでおいて。ちょっと、トイレに行ってくるから」

「おっけー」

早口にそう言い置いて、伊織はそそくさと席を立った。メニューを決めるまでにけっこう時間を食ったから、トイレに行くのを我慢していたのかもしれない。

店員に注文をすませた後、おしぼりで手を拭いていると、なぜか麻理子のくすくす笑いが聞こえてきた。訝しく思って視線をあげた弥勒に、彼女は軽くウインクした。

「ねえ。私と伊織ちゃん、どっちが美人？」

唐突な質問だったが、それは彼女がさきほど自分が言った『あなたも美人』発言を聞き逃していないことを物語っていた。

さりげなく鋭いと思いつつ、手を拭き終えたおしぼりをたたんで肩をすくめる。

「ノーコメントはあり？」

「なし」

「んじゃ、失礼して」

椅子の背に深くもたれて腕を組み、麻理子の目をまっすぐ見て答える。

「貴女《アナタ》。……じゃない方の人」

「女としてはすごーくムカつく返答だけど、正直でよろしい」

「貴女もキレーだよ。でも、あの人は別格」

「そっか。弥勒恭一くんか。お手並み拝見といきましょ」

「あ？」

まるで品定めでもするように目を細めて不可解な台詞を吐いた麻理子に眉を寄せたが、追及する前に伊織が戻ってきた。かなり気になったが、タイミングよく料理も運ばれてきたので、とりあえずあきらめて少し遅いランチタイムを始める。

おいしい味つけに舌鼓を打つ弥勒は、不意に伊織の皿にのったサバみりんに目をとめた。脂ののりきった、いかにも旨そうなそれにジッと視線を注いでいると、伊織が苦笑しながらサバの身を箸で摘んだ。

「恭一くん、食べる?」

「ああ。そっちもうまそーだよな」

「おいしいよ。はい」

口元に差し出された箸先に、何の疑問も持たずにかぶりつく。口の中いっぱいに広がった適度な醬油の甘みとゴマの風味に満足感を覚えた。

「マジ、うめー。んじゃ俺のも食ってみ。かなりイケてっから」

「え? いや、僕は……んむっ」

咬むとジューシーな肉汁が出てくる鶏肉を、丸々ひとつはいくら何でも大きいと思い、パクリと半分食べた残りを箸で伊織の口中に放り込んだ。

ゆっくりと咀嚼する彼を見ながら訊ねる。

「な? うまいだろ」

小さく頷いた後、伊織が前方を見てサッと頬を朱に染めた。

「新婚さんみたいで微笑ましいけど、公共の場でのイチャつきは控えた方がいいかも」

視線を向けると、麻理子がにっこり笑って茶をすすっている。

客観的に見て、今の場面は極めて倒錯的だったはずである。おかずを交換するにしても、恋人同士や小さな子供連れの家族でない限り、普通は『さあ食え』と相手に皿を押しやるのが一般的だろう。男同士に至っては、それこそが当然ではなかろうか。まかり間違っても、互いが互いの箸で相手に食べさせてあげるなんてことはしないはずだ。

「公共の場って、この前なんか映画館でべろちゅ…」

「恭一くん！　余計なこと言わなくていいの」

バッと口を伊織の左手で塞がれて、きょとんとする弥勒を後目に、伊織はコホンと咳払いをして麻理子を見た。

「ええっと、何ていうか。恭一くんとはもう二年くらい同じ屋根の下で暮らしてるから、家族みたいな関係になってて。だからね、別にイチャついてたとかいうわけじゃなくて…」

「映画館でどうしたの？」

湯呑み茶碗をテーブルに置いた麻理子が、笑顔のまま弥勒の顔から伊織の手を外して訊ねる。

「どうもしてないに決まってるじゃないか」

「抱きしめてべろちゅうした。乳首触んのは未遂」

同時に発せられた台詞であったにもかかわらず、一言一句違わずに麻理子の脳はふたりの言語を受けとめた。少しだけ目を瞠った後、ふたりの顔を交互に見つめる。

「どっちにしても、周りがびっくりするから、なるべく人前では慎まないとね」

微塵の動揺も嫌悪も見せずにそう言いきった麻理子に、弥勒は渋々だが頷いた。

「人前じゃなきゃいーんだよな」

「うん。伊織ちゃん、恥ずかしがり屋さんだから」

「…そういう問題じゃない」

ひとり頭を抱える伊織の横で、なぜか意気投合した弥勒と麻理子の話はさらに花が咲き、最終的には怒った伊織が席を立つまで続けられたのだった。

◇◆◇彼《伊織》がこころ乱す理由《わけ》◇◆◇

夕方、風呂掃除をしながら、伊織は何度も溜息をついていた。

ここのところ、ただでさえ頭も胸もひとりの男に占拠されて、それから逃れるための緊急避難所として麻理子のマンションに転がり込んだというのに、その彼女まで弥勒と仲良くなられた日には、自分にはもう他に取るべき手段がない。

しかし、さすがに伊織の意見を尊重してか、麻理子は若い男の子と親交があると知られたら、旦那に余計な心配をかけるからといった尤もらしい理由をつけて、マンションの住所も電話番号もどんなに聞かれても弥勒に教えなかった。同様に、自分が彼女のもとにいるのだろうという弥勒の追及にも、いくら従兄弟でも旦那がいるのに泊められないと、笑顔で否と答えるにとどめた。

麻理子が結婚している事実を前に、弥勒もそれらを納得せざるを得なかったらしく、彼女からは疑いの目は逸れたと思うが、このまま彼が黙っているとも思えない。おまけに、弥勒をいたく気に入った様子の麻理子の動向も気にかかる。

彼女には、自分の好きな相手の名前は故意に伏せていたが、間違いなく昼間の一件でバレた。

今夜マンションに帰ったら、おそらく弥勒のことを根掘り葉掘り聞いてくるだろう。そう考えただけでも頭痛と溜息がとまらない。

いくら偶然とはいえ、何も麻理子と一緒にいる時に弥勒と会わなくてもと、運命とやらに文句のひとつも言いたくなる伊織だった。

「まったく困ったな」

「あ？　なに、パイプでも詰まってんの」

「………っ」

いきなり背後からかけられた声に、伊織は心臓がとまりそうになった。思わず飲み込んでしまった息をゆっくりと吐き出しながら振り返ると、いたずらっぽい笑みを湛えた弥勒が浴室のタイル壁にもたれて立っていた。

「恭一くん、脅かさないでよ」

苦笑を浮かべて軽く睨んだ後、かなり前に洗い終えていた浴槽に栓をして湯を落とす。

風呂掃除用のスポンジと洗剤を元の場所に納め、大きめのゴムスリッパを脱いで浴室から出ようとした伊織の目の前に、ごく小さな紙袋が差し出された。有名なドラッグストアのロゴが印刷されたそれに、伊織はこくりと首をかしげる。

「僕、君に何か買い物、頼んでたかな？」

「いーや。俺の個人的趣味ってゆーか、願望ってゆーか」

ニヤリと笑っての弥勒の返答に、咄嗟に脳裏である思考がひらめいた伊織の頬が赤くなる。

「そんなものを使うような行為はしないからね。受け取らない」

「あれ？　伊織さんはこれ、使った経験ないの」

「君に答える義務があるのかな」

「ま、参考までに聞かせてほしいかなと」

「人のことを聞く前に、まず自分の…」

「俺？　俺はほとんど使わねーなあ。ほっといても舐めりゃ潤うし、そのままでも充分観賞に耐えうると思うし」

その台詞に思わず、彼の裸体を思い出してしまった伊織はおおいに狼狽えたが、何とか抑えて平静を装う。

「あ、そう。とにかく、僕には必要ないものだよ」

「んなことないって。あなたに是非、使ってほしくて買ってきたんだって」

「いらない。君が使えばいいでしょ。…あと老婆心ながら言わせてもらうけど、いくら気持ちがいいからって、それなしでするのはどうかなと思う。病気を防ぐためにも、君にはそんな無責任でルーズな行為はしないでほし…」

「伊織さんのゆってる『それ』ってさ、もしかしてゴムのこと？」

最後の方の台詞を遮るような形で訊ねられた伊織は、当然だろうという表情で頷いた。弥勒の個人的趣味と願望を満たすものといったら、他には思いつかない。

しかし、弥勒は『へえ』と言ってニヤニヤ笑うと、伊織の目の前で紙袋を開け、中から筒状の物体を取り出した。

それを見た伊織が唖然となる。

「これ、リップクリームなんだよな。ちゅうするたびに、あなたの唇が荒れてんなーと思って、ずっと買おうとか思ってたわけ。ま、灰皿のお礼ってのもあるけど。いやでも、まさかあなたがそーくるとはねー。俺とのＳＥＸ、実は楽しみにしてたりする？」

「ば……っ」

莫迦《ばか》言わないのと言いたかったが、いくらドラッグストアの紙袋を弥勒が持っていたからとはいえ、即避妊具と結びつけてしまった自分に非があるのが明らかなだけに、言うに言えない。

羞恥のあまり唇を咬んで俯く伊織に、弥勒の低い声が追い討ちをかける。

「じゃあ、あなたのさっきの質問に対する答えも違ってくるな。ＳＥＸの時、ゴム使うか使わないかだろ？　ま、基本的には使ってるよ。何かと物騒なご時世だからね。自分の身は自分で守んないと。でも」

節の高い長い指が伊織の顎にかかり、顔を上向けられた。真上から見下ろされ、いつの間にか腰に弥勒の腕が回っている。

「あなたを抱く時はどーしよーか迷ってる、ってゆったらどーする?」

「…どうもしない。君とは、寝ないから」

まるでくちづけするかのような体勢で囁かれたが、弥勒の瞳を見てそう反論した。途端に、抱きしめる彼の腕の力が強まった。

「よし決めた。本番ナマね」

「な……っ」

「楽しみだな。ゴムなしでやんの、俺もすんげー久しぶり」

「絶対しないよ。ひとりで勝手に言ってなさ……んんっ」

弥勒のくちづけはいつも唐突で、嵐みたいに激しい。ただ翻弄されるばかりの自分が悔しくて、意趣返しとまではいかないが、負けじと応戦すると、それ以上の舌技でもって追いつめられるハメになる。

自分の方が年上だからという意識はあまりないとはいえ、弥勒よりも経験値が下回るのを悟られるのはどうも気が進まないから、そこそこの経験があるような言動を取りがちだった。まさかそれが、弥勒の嫉妬心と被虐心を煽る結果になっているとは夢にも思っていない伊織である。

「やっぱ少しカサついてるから、これ塗っとこ」

「ふ……え？　恭一く…」

やっと、くちづけから解放されたと思ったら、今度は無理矢理リップクリームを唇に塗りたくられる。片手で伊織の顎を摑み、ものすごくうれしそうにもう片方の手を動かす弥勒には、さすがの伊織もどう対処していいやらわからない。

「よし、イイ感じ。うわでも、こんなつやつや唇見たら、もっぺんちゅうしたくなるな」

「……っ」

咄嗟に小さく身体を震わせた伊織に、弥勒がニヤリと笑う。

「心配しなくてもやんねーよ。せっかく塗ったリップがとれちまう。そのかわり」

「あ……」

伊織の唇の端に優しくくちづけた後、そのまま弥勒の顔が耳元に移動する。

「エプロンのポケットにでも入れててさ、暇見つけちゃあ塗ってよ」

「恭一く……咬むのは…」

「ああ。あなたココ弱いもんね」

「ん……やめなさい」

全身に走る甘い眩暈が自分をダメにしてしまいそうで、伊織が細いながらも毅然とした声で否

を訴えると、弥勒の厚い肩が笑いに揺れた。

「ねえ伊織さん。あなたって、ほんっとーに罪な人だよ。口ではやめてってゆってんのに、瞳はもっとってねだってんの」

「そんなことない」

胸中の動揺を悟られまいと、何とかポーカーフェイスで答える。

たとえそれが図星であっても、弥勒の前で自分の本心を決定づけるわけにはいかなかった。

「ま。無自覚なとこもいーけど。あなたらしくて」

無自覚が僕らしいってどういうことだと少し不満に思ったが、ここは渋々聞き流し、両腕で弥勒を押し戻す。

「いいから、もう離れなさい。僕は仕事中なの」

「これ受け取ってくれるなら離す」

「…………」

目の前に差し出されたリップクリームを、伊織は迷った末に結局手に取り、彼の希望どおりにエプロンのポケットに入れた。

「…ありがとう。わざわざ買ってきてくれて」

キスした時のカサつき感をなくすためという理由はともかく、律儀に礼を言った伊織の頬に、弥勒が素早く唇を押しつけてきた。思わず身をよじって逃げると、追いかけてくるかと思った彼の腕は、予想に反してバスルームのドアに伸びた。

「今度はあなたの期待どーり、ゴム買ってくっから」

「こなくていい！」

即答する自分に笑いながら、バスルームを出ていく広い背中を見送る。

ひとりになったところで、もう何度目になるかわからない溜息が伊織の口から漏れた。

エプロンのポケットに手を突っ込み、そこにある物体を確かめるように指でなぞる。

「…憎らしいくらい余裕じゃないか。八つも年下のくせに」

キスの最中に、相手の唇の状況まで冷静に見てるなんて、余裕以外の何物でもない。

自分など、弥勒にキスされている時はいつも、彼のすべてに翻弄されて、その身体についての感想を考える暇もなかった。ただわかるのは、弥勒のキスが極めて巧みだということだけ。

十年のブランクは、かなりどころか思いきり痛いが、これ以上の身体的接触を弥勒と持つつもりはないから、この劣等感も一時的なものだろう。

「さて。夕飯の支度支度」

ポケットから手を出し、気持ちを仕事モードに切り替えると、伊織はバスルームを出てキッチンへと向かったのだった。

「ええっと、麻理は白より赤が好きだったよね」

下宿の仕事を終えて麻理子のマンションに行く途中、彼女の行きつけでもある小さな酒屋で、ワインを選ぶ。最近は値段が手頃なわりにおいしいワインも多く、消費者側としてはうれしい限りだ。

今夜は、久しぶりに仕事が休みだった麻理子が、ちょっとした夜食を作って待っているから、それへの礼もあるが、やはり何といっても、快くマンションに置いてくれていることに感謝する気持ちの方が強い。

たとえ、雪彦が帰ってくるまでの短い期間だけでも、不意討ちが懸念される夜の間に、弥勒と距離が保てるのは本当に助かる。昼間はまだ、彼も大学に行ってる時間が長いし、自分も仕事中という大義名分があるので、迫られても何とかかわせる。弥勒の気持ちに応えられないのだからケジメをつけなきゃと思い、こころを鬼にしてきちんと拒絶したこともあるのだが、自分は弥勒を好きだと絶対の自信を持っているらしく、相手にされなかった。

拒否したいと思っているのに、弥勒の甘い微笑みと強引なアプローチが理性を揺さぶり、精神の奥深い部分までもが彼の毒に浸される。

流されてしまいそうな自分と、過去の罪を思い出せと囁く自分の間で激しく葛藤するものの、徐々に前者になびきつつある己に気づいている。

選んだワインを綺麗にラッピングしてもらい、会計をすませた伊織は、それを小脇に抱えて店を出ると、家路を急ぎながら考えた。

自分の性格は、はっきり言って恋人にはめろめろに甘い。それも、つきあいが長くなればなるほど溺れていく傾向が強く、極端な話、恋人が浮気したところで、怒りはするがきっと許してしまう。好きだから、相手が何をしても受け入れるという、極めて『都合のいい男』になり下がるのだ。

知人にも言われたが、損な性格だと自分でも思う。

誰かに好意を持った場合、想いが段々膨れあがっていき、それが叶おうと叶うまいと、ピークを終えればグラフのラインは下降の一途をたどるのが普通だろう。しかし自分は誰かを好きになったら、急激なラインを描かないかわりに、延々と『好き』という状態を横這いで持続する。

つまり、本格的に弥勒への想いを解放したら、自分はもう二度と彼を手放せなくなる。

これから先、弥勒にどれほど好きな人ができたとしても、どんなに彼が自分を疎ましく思い嫌っても、離れられない。捨てないでと、みっともなく縋りついてしまう。

それだけはダメだ。弥勒どころか、彼の未来まで傷つける結果になる。

ただでさえ、男同士なんて社会的にリスクの高い関係なのに、将来有望な若者である弥勒を、自分などに縛りつけるのは言語道断。第一、二十八の自分が二十歳の彼とつきあおうと思うこと自体おこがましい。八つも年下なのだ。成人式は終えているとはいえ、考えてみれば弥勒が十五の時、自分はすでに二十三である。どう考えても犯罪だろう。

とにかくあと二年。弥勒が大学を卒業するまで、自分が我慢すればいい。

そのうち彼も、自分を相手にしなくなると思うし。

そんなことをつらつら思いながら歩いていた伊織が、漸くマンションにたどり着く。

エントランスに入りエレベーターの呼び出しボタンを押した後、本当に何気なく背後に視線をやった伊織は、そこに思いがけない顔を見つけて目を見開いた。僅かな音を立ててガラス張りのドアが閉まる寸前、大きな体躯を隙間にすべり込ませるようにして、たった今まで脳裏を占めていた青年が入ってきたのだ。

オートロックで限られた人間しか入れない様式になっているため、住人以外の人間は訪ねてきた相手にインターフォン越しにロックを解除してもらうか、今みたいに、どさくさに紛れてドアが閉まらないうちに入り込む以外方法はない。

「…恭一くん、何してるの」

訊ねなくても、弥勒が自分の後をつけてきたのは明白だったが、ほかに言いようがなかった。

咎める口調になったのは、彼の悪びれない表情のせいだ。

「まあ、変則的な夜這いって感じ？」

「後をつけるなんて、そんな…」

「ストーカーみたい？　否定はしねーけど、あなたが部屋にいないんだからしょーがない」

「それは、君が夜…」

「やっぱ俺から逃げてんだ」

「………っ」

ポ～ンと軽やかな音がエレベーターの到着を知らせた。静々と扉が開く。

「乗らないの？　呼んだんでしょ」

目線で背後を示す弥勒に、伊織はぐっと小脇に抱えたワインボトルを抱きしめた。

するするとエレベーターの扉が閉まる音が耳に届く。

「乗ったら、ついてくるんじゃないの？」

「と一ぜん」

「じゃあ乗らない」

「なら、青葉荘に帰る？　それともどっかラブホでも行く？」

ニヤニヤと笑う弥勒をキッと睨みつけるものの、このままでは埒があかないのも事実。弥勒には引く意志などこれっぽっちもなさそうだし、かといって、部屋に彼を連れていくのは絶対に避けたい。これ以上、麻理子に迷惑はかけられないのだ。

自分がもう少し、せめて芹沢くらいの体格の持ち主ならば、力ずくで撃退するという選択肢もあっただろうに、これぱっかりは永久に不可能だった。

時間的にも、あまりぐずぐずしていると麻理子が心配する。

ここはやはり、家に戻るのが一番無難に思えた。麻理子にも、帰ってから明日以降のことも含めて電話で事情を話せばいい。今夜一晩くらい、どうにか弥勒の手を逃れられるはず。

「今日のところは帰るよ」

溜息をつきながら非難がましく言ったが、弥勒はどこ吹く風といった様子だ。

「ラブホは?」

「君ひとりで行けば」

「ひとりで何しろっての。あなたと行かなきゃ意味ないじゃん」

「いちいち言うのも莫迦らしいけど、男同士で入れるわけないでしょ」

「んじゃ、フツーのホテルに変更」

「君ひとりで泊まれば」

考えるまでもなく、第三者には決して聞かせられない会話である。

男女のカップルならいざ知らず、男男のカップルが公共の場でこんな会話をするのは、あまりにもスキャンダラスすぎる。今は、エントランスに自分たちふたりだからいいが、いつ何時誰かが現れそうで、伊織はもう気が気じゃなかった。

「帰る。君はホテルでもどこでも好きなところに行っていいよ」

「また、すぐそんなツレナイことゆーし」

「君が非常識すぎるの」

「そーかな。俺は単純に、あなたが欲しいだけなのに」

「だから、そういう台詞をこんな場所で言わな…」

伊織が少しきつい口調で言い募った時、マンションの入口のガラス張りのドアが開く音が聞こえた。ハッとした彼は慌てて口を噤み、入ってきた住人に挨拶をするべく、顔ごと視線をそちらに向ける。

「こんば……っ」

しかし、伊織は『こんばんは』と最後まで言えないまま、その場に固まった。声をかけられた方も、挨拶を返そうと視線を伊織にとめた瞬間、表情を強ばらせた。

立ち尽くす伊織を不審に思った弥勒が、何気なく口を開く。

「伊織さん？」

珍名とは言えないかもしれないが、そんなにありふれた名前でもない。この顔立ちも、髪を少し伸ばした以外はもう何年も変化なし。

目の前の人物が、おとなびた精悍な顔つきの社会人になっても、伊織にはすぐに『彼』だとわかったように、きっと『彼』にも自分がわかってしまう。

「……藤崎なのか」

変わらない、十年前とちっとも変わらない声。深さを増した分、多少柔らかみを帯びた感じもするが、基本的には硬質な声音。落ち着いた色のスーツを隙なく着こなす姿が、その仕事ぶりをうかがわせる。

「はい。……お久しぶりです。柴田先輩」

怖じ気づく声帯を叱咤して、かすれ、震える声で何とか答えた伊織に、柴田の表情は言葉とは裏腹にますますきつくなっていく。

「ああ。久しぶりだな。イギリスに行ってるって聞いてたが」

帰国したとは知らなかったという台詞に、気のせいではない悪意を感じて胸が痛んだ。

「二年前に、帰ってきました」

十年経った今も、当然とはいえやはり柴田は自分を許してはいないのだと実感する。

あの時の罪の償いは、まだ終わっていないのだ。

「そうか。で？　ここで何してる。まさか、おまえもこのマンションに住んでるのか」

「いえ。僕は…」

「それとも何だ。おまえ、また俺の女を寝取りに来たか。ん？」

「！」

心臓を、まるで素手で鷲摑まれたような感覚に襲われる。

呼吸が苦しくなった伊織は、持っていたワインボトルをきつく抱きしめた。

「そういえば3Pも得意だったな。今度はそこの坊やも入れて四人でとか言うつもりか」

「………っ」

「まったく、おまえは人は見かけによらないっていうやつの典型だよ。おとなしそうな顔で、人のものをかすめ取る。相手が先輩だろうと友人だろうと、かまわないときてる。あの時も言ったが本当に最低なヤツだ」

感情を抑えた抑揚のない声に潜む、純粋な悪意が容赦なく降り注ぐ。

あれは誤解だと、嘘だと反論したいのに、柴田の言葉のひとつひとつが痛くて声にならない。

身体中の感覚が、次第に麻痺してきた。今、この現状から逃れたい一心で、限界を訴えるヤワな精神がブラックアウトしろと唆《そそのか》す。

貧血のためか、不意に寒さを覚えた伊織の身体がカタカタと震え出した。顔色も、まるで病人のように蒼白になっている。呼吸も相変わらず速い。

典型的な過呼吸症候群である。

精神的に追いつめられた人間が、自分自身で作り出す病気。仮病というわけではないが、精密検査をしたところで、実際に悪い箇所はない。非常に生真面目な性格の人や、精神的に弱い人がなりがちなものだ。治す方法はただひとつ、本人が開き直るほかかない。

浅い呼吸を忙しなく繰り返す伊織が、誘惑に負けて意識を手放そうとした瞬間、大きな手が肩にかかり、次いで目の前に広い背中が広がった。

「黙って聞いてりゃ、ずいぶんな言い草じゃねーか」

「……恭一、く…」

伊織を背中に庇うような恰好で、弥勒が柴田と向き合う。フラつく足元のせいで、思わず鼻先にある弥勒の服を両手で摑んでしまったが、端から見れば、まるで縋りついているように見えるだろう。

「俺は藤崎と話してるんだ。第三者は引っ込んでろ」

「やなこった。一方的に伊織さん傷つけといて、なーにが話してるだ」

「君には関係ない。俺と藤崎の問題だ」

「伊織さんの問題なら、俺の問題でもあるな」

一歩も譲らない弥勒に、柴田は唇の端を僅かにあげて皮肉げに笑った。

「昔の俺も、今の君みたいに藤崎を信頼してたよ」

「へえ」

「そうだな。君も気をつけた方がいい。そいつは、そんなおとなしそうな顔をしといて、平気で人の女を…」

「柴田せんぱ、ちが…っ」

伊織が悲鳴のような声で柴田の台詞を遮ったと同時に、軽い到着音が響いた後、エレベーターの扉が開いた。一時的に口を閉ざした三人に、第四の人物の声が届く。

「伊織ちゃん、ここにいたの。あんまり遅いから迎えにいくとこだったよ。あら？　そこにいるのは弥勒くんと…」

「柴田先輩だってさ、長瀬さん」

弥勒が伊織のかわりに答えると、麻理子は僅かに目を瞠った後、『へえ～』と頷きながら柴田を頭の先から爪先まで眺め回した。

「なるほど、この人が柴田　某《なにがし》なんだ」

思いきり含みのある麻理子の物言いに、当の柴田も引っかかりを覚えたらしく、冷めた視線を彼女に向けた。

「いくら女性とはいえ、初対面の相手から呼び捨てにされるのは不愉快だな」

「まあうれしい。柴田某を不愉快にできるなんて夢みたい」

「麻理……」

本当にうれしそうに、両手を胸の前であわせて喜んでいる麻理子を、伊織が慌てて止めようとしたが、大事な大事な従兄弟を傷つけてくれた積年の恨みを、ここぞとばかりに晴らそうと思う彼女にブレーキはきかない。

「だって伊織ちゃん、この柴田某は勘違いしてる自分を棚にあげて、女の言葉にまんまと踊らされた挙げ句、親友兼後輩を自分から切った人なのよ。こういう人って、きっと異性と同性の前での態度が天と地ほどに違うと思うな。けっこう嫌われるタイプだよね。でも、女の子にはよくいるタイプだけど、男の人は初めて。珍しいわ」

「…さすが藤崎の知人だけはある。最低な女だ」

頬を引きつらせながら唸るように吐き捨てた柴田に、麻理子は小首をかしげてにっこり笑った。

「やあね。最低な女は柴田某の彼女じゃない。えっと確か、藤堂 笑とかいったかしら」

「人の女房を最低呼ばわりするな」

据わった目で低く呟いた柴田だったが、伊織以上に麻理子の目も瞠られる。

まじまじと半ば呆れたように柴田を見つめた後、彼女は感心した表情で言った。

「柴田某って、莫迦だけど一途なのね。まあ、人間ひとつくらい美点はあるか」

「藤崎。この失礼な女を黙らせろ！」

とうとう我慢の限界を超えた柴田が、声を荒らげて怒りの矛先を伊織に向ける。

人から怒鳴られた経験も少なく、ただでさえ精神的に追い込まれている伊織の細い肩がビクリと震えた。それを背中で感じたのか、弥勒の手が器用に、だが優しく『大丈夫。俺がついてる』というふうに腰のあたりをぽんぽんとたたくから、伊織は僅かな安堵を覚える。

「男のヒステリーってみっともないよ。あ。もしかして、藤堂笑が料理してくれないから、カルシウム不足だったりして。だから怒りっぽいんだ」

麻理子が微に入り細に入り、いちいち柴田の癇に障る台詞を選んで言っているのは明白である。

普段は、ちょっと変わったところはあっても、おっとりした優しい女性なのだが、こと伊織が絡むと彼女の性格は少しばかり極悪になる。まるで雛を守る親鳥のように、伊織に害をなす危険因子を徹底的にたたき潰さないと気がすまないのだ。

「…人の家庭生活を勝手に想像するな」

「あら図星？　だけど納得って感じだね。あの藤堂笑がおとなしく主婦なんてしてるわけないもの。良妻賢母が聞いて呆れる」

「あのって、どの笑だよ。第一、彼女を知りもしないくせによくも…」

「知ってるよ。藤堂笑っていったら、彼氏の見栄えのいい友達を散々アゴで使った挙げ句、無理矢理迫った女のことでしょ？　それで、現場を彼氏に押さえられたら、『助けて。この子が急に私を襲ってきたの』なんて嘘泣きして、罪を全部彼氏の友達に押しつけたの」

「！」

自分が知る事実と真逆のことを言う麻理子に、柴田がさらに顔を顰める。

「また、藤堂笑の言葉にコロッと騙された彼氏も莫迦だよね。百歩譲って嫉妬に目が眩んだのはわかるけど、友達に一言も言い訳すらさせなかったんだから。自分ひとりが傷ついたと思ってるんなら大間違いもいいとこすぎて笑っちゃう」

「藤崎の言い分だけ聞いた藤崎側の人間に、公平な判断ができるとは思えないな」

尤もな意見だが、真実を知る麻理子の顔に浮かぶ余裕は消えない。

きつい視線を投げかけてくる柴田を、うっすらと笑みを湛えて見返す。

「確かにね。でも、これは誰にも共通した意見だと思うのよね」

「？」

「誰だって、好きでもない、むしろ大嫌いな相手から迫られたらヤなものでしょ」

「それが？」

「伊織ちゃんはそんなメにあったわけ」

おわかり？　と無邪気に微笑む麻理子を、柴田が不穏な目つきで睨む。

「藤崎が笑を嫌ってただと？　なに莫迦なことを…。こいつは笑は魅力的だと確かに言った。寝てみたいともな」

「口から出た言葉がすべて真実とは限らないのよ、柴田某。自分を基準に物事を考えすぎ」

「…何が言いたい」

「耳の穴かっぽじってよく聞きなさい。真実を教えてあげるから。伊織ちゃんはね…」

「麻理、やめ……っ」

弥勒の背中にしがみついたまま伊織が叫んだ。しかし、麻理子の暴走は止まらない。

本人には一生告げないつもりだったのにと思う伊織の前で、真実が暴露される。

封印していた過去が、白日のもとに晒された。

「柴田某が好きだったの。だから、藤堂笑に襲いかかるなんてナンセンス。誘ってきたのは向こうよ。伊織ちゃんは断った。それを勘違いして怒った柴田某に、伊織ちゃんもちょっと逆ギレしちゃ…」

「気持ち悪いこと言うな！」

エントランスに、柴田の怒りに満ちた声が響いた。

麻理子の台詞を強引に遮り、視線を弥勒の背中に隠れる伊織へ向けると、柴田はつかつかとふたりのすぐそばまでやってきた。

「藤崎、今のは本当か」

「……っ」

上から睨みつけるように問い質されて、伊織は後ろめたさのあまりすくみあがる。

そんな蒼白な顔の彼を気持ち悪そうに凝視しながら、柴田が吐き捨てた。

「できるものなら、おまえと過ごした過去のすべてを消去したい気分だな。気色悪すぎる」

「！」

「ずっとそういう目で見られてたなんて、ゾッとするぜ」

悪意をとおり越した憎悪の感情に、伊織のこころが悲鳴をあげる。

震える身体を自らの両腕で抱きしめながら、溢れそうになる涙を必死に堪えた。

これが普通の反応なのだと自分に言い聞かせる。同性に好きだと言われて喜ぶ男はまずいないのだから。

「この変態が。二度と俺の前に顔見せるな。いいか」

「……………」

「いいかって聞いてるだろ、藤崎」

黙ったままの伊織に焦れた柴田が詰め寄るのを、恐ろしく不機嫌な声が遮った。

小さな呻きを漏らした柴田を伊織が訝しげに見やると、二の腕に弥勒の指が食い込んでいる。

「変態はテメーだろーが、サド柴田」

「く……離、せ」

「ああ？　伊織さん侮辱すんのも大概にしろよ。彼女、寝取られただ？　そんなん、寝取られるテメーがマヌケなだけだろ。お粗末なSEXしてっから、彼女に浮気されんだよバーカ。他人を責める暇があったら、テメーのテクニックでも磨きな」

「うっく……手が…」

額に脂汗を浮かべて苦悶の表情を浮かべる柴田に、だが弥勒は力を緩めない。

「しかも、伊織さんは無実ってか。冤罪《えんざい》なんぞ着せやがって、テメーといい、テメーの莫迦ワイフといい、三、四回は殺さないと気がすまねーなっと」

「ぐふ……っ」

綺麗に身体をくの字に折り曲げて呻いた後、柴田は床に崩れ落ちた。弥勒が彼の腹に膝蹴りをたたき込んだせいである。

「おいおい。まだ寝るには早いぜ？　テメーのせーで、俺は禁欲生活強いられたんだからな。伊織さんへの侮辱罪も含めて、も少しつきあえよ」

胸倉を摑んで柴田を引き摺り起こすと、弥勒は口元に笑みを湛えたまま無造作に拳を繰り出した。さすがに今度は柴田も応戦したが、何しろ体格と場数が違いすぎる。

まるで草食獣をいたぶる肉食獣さながらに、それはそれは楽しそうに暴れる弥勒の姿は、冗談ぬきに野獣そのものだった。

「恭一くん、もういいから。やめなさい！」

初めて目の当たりにする凶暴化した弥勒に、伊織は恐怖よりも心配の方を感じた。

いくら優勢だとはいえ、弥勒も無傷なわけではない。柴田の半ばヤケクソぎみな拳が、顔や腹にヒットするため、唇の端からは血が流れている。無論、その倍は痛めつけられている柴田は、唇から血どころか鼻血も垂れた酷い状態だったが、伊織の目には弥勒しか入っていなかった。しかし、鎖を引きちぎって暴れ出した野獣は、飼い主の制止も聞かずにさらに凶暴さを増す。

困り果てた伊織は、ただ弥勒を止めたい一心で叫んだ。

「今すぐやめたら、僕の部屋に来てもいいからっ」

「マジ？」

「……え？」

握っていた拳を下ろし、摑んでいた柴田の胸倉をパッと離すと、弥勒はものすごくうれしそうな顔でこちらにやってきた。その際、鈍い音が響いたのは、弥勒が打ち捨てた柴田が床に沈んだためである。

「ラッキー。やっと伊織さんの許可が出た」

「恭一くん、君……」

にこにこと、まるで子供のように微笑む様は、とてもさっきまで暴れまくっていた男と同一人物とは思えないが、とにかく弥勒を止めることができてよかった。

安堵する伊織に、倒れた柴田の容体を見ていたらしい麻理子の声が届く。

「柴田某もけっこう喧嘩慣れしてるみたいだね。これなら大丈夫そう」

どこも骨は折れてないから心配しないで、という彼女の台詞を聞きながら、伊織は周囲の音が急速に遠のいていくのを感じた。弥勒が何か言っていたが、それすら耳に入ってこない。

長い間、ストレスに晒され続けた彼の精神に限界が訪れたらしい。

「伊織さん？」

「伊織ちゃんっ」

力強い腕がしっかりと自分の身体を支えてくれたと思ったのを最後に、伊織の意識は闇に閉ざされた。

◇◆◇その男、獣《ケダモノ》につき◇◆◇

いきなり意識を失った伊織を腕に抱きとめた弥勒は、焦った顔を麻理子に向けた。

「長瀬さん、伊織さん大丈夫なのか？　急に気絶したけど」

伊織の腕から滑り落ちそうになったワインボトルを渡しながら訊ねると、彼女は心配ないよと小さく微笑んだ。

「大丈夫。緊張感が途切れて気を失っただけ。伊織ちゃん、昔っからプレッシャーに弱いの。見た目も細いけど、精神的にもちょっと細いのね」

「そんな感じ」

深く納得する弥勒に、麻理子が小首をかしげる。

「それより、君は平気なの？　唇のところ、けっこう血が出てるよ」

「ああ。別にこれくらいどーってことないし。舐めてりゃ治る」

「ワイルドだね～。君、相当やんちゃしてるでしょ？」

「そこそこに」

ニヤリと笑う弥勒の額を人差指でつんとつつくと、麻理子はワインボトルを小脇に抱えて『さて』と立ちあがった。

「行こっか。悪いけど、伊織ちゃんをお願い」

「お安いご用で」

意識のない伊織の身体を軽々と腕に抱きあげた弥勒を促して、エレベーターに乗り込む。

最上階のボタンを押した麻理子に、弥勒が『やっぱり貴女のとこでしたね』といたずらっぽく言うと、彼女は悪びれたふうもなく笑顔で『うん』と頷きを返す。

静かな箱の中、不意に真顔になった麻理子が壁に背をあずけた体勢で、伊織を抱く弥勒に視線を送った。

「弥勒くん、伊織ちゃんのこと見損なった？」

「はあ？」

「さっきの柴田某との話…」

「それがどうしたって感じだったかな」

あの程度で、なぜこの人を見損なう必要があるのだという顔をする弥勒に、麻理子は苦笑にも似た意味深な笑みを浮かべた。訝しげな表情で問いかけるような眼差しを送ってくる弥勒を、目的階に到着したエレベーターから降ろし、無言のまま部屋に招き入れる。

「客室が伊織ちゃんの仮住まいなの」

ふたつある客室のうちのひとつのベッドに、伊織を横たえさせる。

ベッドサイドのスタンドだけが灯る薄暗い部屋には、仮住まいらしく彼の服が数枚ハンガーにかけてあった。

意識を失ったままの伊織が少し心配で、彼の顔を見つめ続ける弥勒に、背後から麻理子の真剣な声がかかった。

「ほんとはね、伊織ちゃん、柴田某の彼女から迫られた時、本気で拒まなかったの」

「？」

ゆっくり振り返ると、どこか悲しげな顔の麻理子がいた。

「もしあの時、柴田某が来なかったら、たぶん最後までいってたかもしれない」

「やっぱ彼女が好きだったわけ？」

「ううん。大嫌いって言ってた」

「はあ？」

わけがわからない。大嫌いな女に迫られて拒絶しないどころか、最後までいく？

よっぽど性的に飢えてたのか、究極的なマゾか。

さてどっちだろうと弥勒が考えていると、麻理子がおもむろに口を開く。

「『彼女を抱けば、先輩を感じられるかもしれないと思った』って、伊織ちゃん言ってた。直接柴田某に触れられないから、その彼女を通して彼を感じたいって考えたみたい。でも、運悪く現場を本人に押さえられて、しかも女は嘘をついた。言い訳したくても、相手は聞く耳なんて持ってなかったし、伊織ちゃんがしようとしてたことは、客観的に見れば間男でしかなくて、決して褒められたものじゃないしね。…結果的に、自分の弱さが一番大切な人を傷つけてしまったって気づいた時から、伊織ちゃんはこころの一部を閉ざしたの」

まるでタマネギの皮が剝がれていくように、伊織の過去が明らかになる。

「『もう誰も好きにならない。そうすれば二度と、誰も傷つけずにすむから』って伊織ちゃんが言った時、私すごく悲しかった。愛し愛される権利を生涯放棄するって。それが贖罪なんだって言うの。柴田某を傷つけた当然の報いだって。…君もそう思う？」

聞いていて、改めて柴田という男に嫉妬は覚えたものの、それ以上に、何がどうなってそこまで悩み思い詰める必要があるのか、弥勒にはわからなかった。

だいたい、一度の失恋程度で『もう二度と恋なんかしない』と思ったこともなければ、誰かの彼女を寝取ったところで屁とも思わない弥勒なので、伊織の苦悩がマジで一％も理解不能な上、『どこに悩む必要が？』と首をかしげるばかり。

繊細という言葉とはかけ離れた私生活を送ってきた弥勒と、聖職者も顔負けの殉教精神でこの十年を過ごしてきた伊織とでは、真っ黒な原油のこぼれ出した大海と、綺麗に澄んだ小川のせせらぎくらい対極に位置しているだろう。

顎のあたりを手持ち無沙汰に片手でさすりながら、弥勒は思ったままを口にした。

「てゆーか、悩む必要あんのそれ？」

「……え？」

「俺、人の彼女寝取んのしょっちゅうだから、そのたびに彼氏から喧嘩売られててさ。けっこう忙しくてスリリングな毎日って感じだけど」

「あら。素晴らしく外道ね」

「まあね。だって、彼女が浮気すんのは彼氏のせーだろ。いろんな面で満たしとけば、絶対よそ見なんかしないって普通。でしょ？」

「うわ〜。君の彼女になったら、満たされまくって胃もたれしそうだね」

「看病もマカセナサイ。徹夜で面倒みてやるし」

「う〜ん。微妙に悪化しそう」

脳天気な弥勒に、麻理子も笑顔を取り戻す。

「君は、伊織ちゃんの過去を聞いても、一ミリも引かなかったね」

「引く必要ないっしょ。好きな人に一生懸命になるのは俺もわかるから。伊織さんが柴田の彼女を抱いて柴田を感じようと思ったってゆーのも、アリだと思うし。俺だって、もし伊織さんの元彼女とか前にしたら、問答無用で押し倒す気ぃする。間接ＳＥＸさせろって」

「それ犯罪だよ君」

笑顔でつっこむ麻理子に弥勒が噴き出し、ふたりしてしばらく笑った。すると、ベッドの伊織が小さく身じろぎ、微かに呻いた。そんな従兄弟を見た麻理子は、弥勒の肩をぽんとたたき、鮮やかなウインクを決めた。

「伊織ちゃんをよろしく。私は友達の家に泊まりにいくから」

「え、マジで？　あ。でも、旦那は…」

「アメリカに出張中なの。じゃなきゃ、さすがに伊織ちゃんを泊められないよ」

「なるほど。んじゃ、遠慮なく」

共犯者の笑みを湛える弥勒に、麻理子が柔らかな声音で訊ねる。

「ひとつだけ聞かせて。弥勒恭一くん、私の大切な従兄弟を幸せにできる？」

不幸にしてごらんなさいな。殺すわよ。という無言のプレッシャーがビシバシ伝わってくる、彼女の透明な微笑みに、弥勒は不敵に唇を歪めてみせた。

「たぶん俺は、伊織さんに嫌ってほどの幸せを身をもって教える、最初で最後の男になるよ」

「エクセレント！」

ピッと右手の親指を立てて『すんばらしい』の意味を持つ単語を呟いた後、麻理子は部屋の鍵を手に出ていった。

ふたりきりになった部屋の中で、弥勒の視線がそっとベッドに向けられる。

伊織が口を閉ざし続けていた過去を知った今も、彼に対する気持ちに何ら変化はない。いや、むしろ、より愛しさが募った。

たった一度の失恋を十年も引き摺る無器用さといい、二度と誰かを傷つけたくないと思うがゆえの独り善がりの頑なさといい、伊織のピュアな内面を如実に表している。

「ほんっと、可愛い人だな」

八つも年上だなんて思えないほどだ。

そして、自分と出会うまで頑なでいてくれてラッキーとも思う。そうでなければ、この人を手に入れることができなかった。

「ね、伊織さん」

「ん……」

弥勒の呼びかけに反応したわけではないだろうが、ちょうどタイミングよく伊織の瞼が震える。覚醒が間近のようだ。

静かにベッド脇まで歩み寄った弥勒が、絨毯の床に片膝をついて彼の顔を覗き込む。

「伊織さん」

「……あ。…恭一くん」

開いた瞼の奥から現れた揺れる茶色の瞳が、弥勒を認めて安堵の色を浮かべる。

しかしそれも束の間、数秒後には、伊織の表情はいつも以上に硬く強ばった。

「まだ気分悪い？」

的外れなことを訊ねる弥勒に、力なく首が横に振られる。

「じゃ、なに。何でそんな顔してんの」

「…………」

シャープなラインを描く彼の頬に手を添えて、甘やかすように囁くと、伊織が視線を弥勒から逸らしたまま呟いた。

「僕が、君に想ってもらえるような人間じゃないっていうの、よくわかったよね。先輩の言うとおり最低な人間…」

「ちょい待ち」

「……っ」

目を瞠る伊織にかまわず、弥勒は彼の顔の両脇に肘をついて真上から見下ろすような恰好で、上半身だけ彼に覆いかぶさった。ギシッというベッドのスプリングが軋む音が耳を刺激する中、鼻先二センチの距離で見つめあう。

「いくらあなた自身でも、俺の伊織さんを侮辱する言葉を口にするのは許せない」

「恭一く…」

「あと、あの野郎のことも聞きたくねー。あんなド阿呆は、さっさと忘却の彼方にやっちまえ。ゆっとくけど俺、人のオンナ寝取んのに関しちゃ、かなりの前科持ちだよ。両手の指じゃ足んないし、でも罪悪感なんて単語知らねーし。だから、未遂のあなたがそんなに悩む必要ないって」

「…それは、人としてどうだろう」

そんな遠慮がちな非難をしたところで、弥勒に通じるはずがない。

この場合、麻理子のように『外道』ときっぱり言い放ち、ばっさり斬り捨て御免が正しい処置といえる。まあ言ったとしても、のれんに腕おしで終わるが。

「前から思ってたんだけどさ、あなたは自分のことに無頓着すぎ」

まじめな顔で囁く弥勒に、伊織は戸惑ったような表情になる。

「普通だと思うよ」

「これだし。も、全然無自覚だよなー。じゃなくて、俺が一番言いたいのは、伊織さん、あなたはもう充分すぎるくらい傷ついてるってこと」

「……え?」

「人を傷つけたことにばっか目が向いてて、自分の傷をちっともケアしてない。俺から見たら、柴田以上にあなたの方がより深く傷ついてんのに。ずっと気づかなかったんだ？」

「………」

沈黙は明らかな肯定を意味している。

呆然とする伊織の鼻先に軽く触れるだけのくちづけをし、弥勒は目を細めた。

「もう時効だって。あなたが苦しむ必要もなくなった。あいつら結婚してんだし」

「恭一くん…」

「だから、あなたも幸せになる権利がある。ってゆーか、俺が幸せにしてやるけど」

ニヤリと笑って顔を傾け、唇で唇を塞ごうとした弥勒を、だが伊織がすんでのところで遮った。

ちょうど顔の両サイドを両手で捕まえられて、弥勒の眉間に縦皺が刻まれる。

「…伊織さん、この期に及んで抵抗すんの？　でも今夜は絶対…」

「違うんだよ。何て言うか、あの……僕は君より八つも年上で、君は前途有望な若者で、これからいくらでも素敵な出会いがあると思うし、僕みたいなオジサンより、もっと若くてピチピチした可愛い子をね、ゲットした方がいいんじゃないかなって。…ええっと、君の気持ちはとてもうれしいし、ありがたいけど、やっぱり今のままの関係でいよう」

「…言いたいことは、そんだけ？」

「え？　うん。とりあえず」

怖々と頷いた伊織に『あっそう』と低く答えると、弥勒はベッドの下に置き去りにしていた下半身を身軽に持ちあげ、全身で彼の身体に覆いかぶさった。

「恭一くんっ」

太股に布越しではあるが弥勒の屹立を押しつけられた伊織が、サッと頬を朱に染めて叫ぶ。

そんな彼に、弥勒は不敵に笑ってみせた。

「あなたのタテマエよりホンネが聞きたい。俺のこと、どう思ってる？」

「………」

「俺は何遍もゆってるけど、あなたが好きだよ。もう狂いそうなくらい。あんまり焦らすと、うんと恥ずかしい恰好とかさせよーかなって気になるな。前も言っただろ？　好きだから、いろんな意味で俺はあなたを傷つけるって」

「！」

「んで、傷つけた分だけまた俺が癒してやる。あなたは俺だけ見てればいい」

顔にかかったままの伊織の両手首を握り、やんわりとベッドに縫いつける。

「愛してる。あなたが欲しい」

こんなクサイ台詞を言うのは初めてだったが、ほかに言葉を思いつかなかった。

伊織の澄んだ瞳に映る自分の姿を見ながら、弥勒が今度こそくちづけを敢行するために顔を寄せると、小さく『待って』と声がかかる。無論、もう一秒たりとも待ちたくない獣が否定の意味を込めて顰めた顔の前で、伊織がふわりと綺麗に微笑んだ。

思わず見とれてしまった隙に、弥勒から片手だけ取り戻した伊織は、その手で弥勒の右頬にそっと触れた後、ベッドに肘をついて僅かに上半身をあげて信じられない行動に出た。

「……………っ」

「ずっと気になってたんだけど、とりあえず応急処置。痛くない？」

こともあろうに、さきほどの乱闘で怪我した唇の端を消毒がわりに舐めてくれた伊織に、いよいよ弥勒の理性は制御不能に陥る。

「あとでちゃんと手当……んんっ」

まさしく『奪う』という単語にふさわしい荒々しさで、弥勒は伊織の唇を塞いだ。

伊織が身体を起こした際にできた僅かな空間に腕を回し、折れるほどに彼を抱きしめる。

「う…ふぅ……んっ」

吐息までをも漏らさず貪り、角度を変えて何度も挑む。

彼の唾液を飲み、自分のも飲ませ、それでも足りないとばかりに唇を犯し続けていると、閉じていた瞼を不意に開けた伊織が、濡れた瞳をせつなく揺らし、両手を弥勒の頬に伸ばして中断を訴えた。

「は、あ……ちょっと、待っ…」

「ん?」

要望を受理し、弥勒は絡めた舌を解いて伊織の頬にくちづけたが、きつく吸われたせいで紅く熟れた唇に、視線は釘づけだった。

「…本当に、僕で、いいの?」

キスの余韻で吐息が乱れているせいだけでなく、確かめるように一語一語区切って訊ねてくる伊織に、弥勒の口元が甘く綻んだ。眼差しを彼の唇から瞳へ移動させ、視線を濃密に絡ませる。

「あなた以外いらないってゆってる。あなたは?」

弥勒が低く囁くと、伊織が初めて迷いのない瞳で微笑んだ。

「僕もだよ」

「やっとゆったな。でも、もう一声欲しい」

ニヤリと笑っての弥勒のおねだりに、伊織は少しはにかみながら口を開いた。

「君を、愛したい」

「OK。今この瞬間から、俺はあなたひとりのものに決定。青田刈りだね、伊織さん」

俺ってば超お買い得だしと笑う弥勒に、伊織の目も細められる。

「そんなこと言って、後悔しても知らないからね。きっと僕、もう君を離さないよ？」

「ったく、この人は…。無意識に殺し文句吐くクセどうにかなんねーのか」

「なに？　今さら取り消すとか言ってもダメだよ。君は僕のものなの」

過去の呪縛から解き放たれた伊織は、恐ろしく素直に生まれ変わった。

弥勒への想いを自分に許した結果、それまで封じてきた彼に対する愛情が一気に溢れ出してきて、またこれを遠慮なしに口にしているのだ。

しかし、伊織の想いが自分ひとりに向けられているのをひしひしと感じる弥勒の頬は、さきほどから緩みっぱなし。この一年、口説いても口説いてもフラれ続けたのを思えば、今の状況はまさにパラダイスといえるだろう。

「互いが互いのものだって確認したところで、あなたを愛することにするか」

「え？」

きょとんと数回瞬きした後、意味を理解して耳まで真っ赤になった伊織に、弥勒が柔らかくくちづける。

「俺も今夜、あなたを離さない。ってゆーか、離せない」

「………っ」

弥勒の甘い囁きに、伊織が瞼を閉じて了承の意を伝えた瞬間、客間は淫靡な雰囲気を孕んだ空間へと変貌を遂げた。


二度目のディープキスの途中で麻理子の存在を思い出した伊織が、弱々しく抵抗しながらも、しきりに彼女を気にするので、弥勒は彼の耳朶を甘咬みしつつその不在を告げる。

「あなたをよろしくってゆって、出てったよ。友達んとこ泊まるって」

「んっ……ほんとに？」

「マジで。だから、俺とのSEXに集中してくんない？」

言って耳の穴に舌を差し込むと、伊織の唇から濡れた吐息がこぼれた。

いやだと首を振る彼を無視してしばらく集中的にそこ周辺を責め、紡ぎ出されるあえかな声を存分に堪能する。

繰り返される激しいくちづけと、しつこい耳への愛撫でくったりとなった伊織に笑んだ弥勒が、おもむろに身体を起こして彼の衣服に手をかけていると、閉じていた瞼を開いて、彼が問いかけるような眼差しを送っているのに気づいた。

「なに。べろちゅうしてほしい？」

「違う！」

即座に否定した後、伊織は言うのを躊躇うように紅く腫れた唇を咬んだ。

その仕種がまた何ともいえず色っぽく、弥勒は思わず身をかがめてくちづけた。

「ほんっと、罪なほどキレーだな、あなたは」

「ん……そんなこと言うの…君だけだよ」

吐息で囁く自分の容姿に無自覚な美人に、もう一度軽くくちづけてから服を脱がす作業に戻ると、細い指先が弥勒に伸びてきた。器用に片眉だけあげて訝しげな表情を作り、組み敷いた伊織を見下ろす。

「伊織さん？」

「同時にやった方が、効率いいでしょ」

「そりゃ…」

「僕も、君を脱がせてあげる」

「…………」

おお神よっ。この世の何と素晴らしいことか！

信じてもいない神様に即席の感謝を捧げた後、弥勒は鼓膜を直撃した恐ろしく魅力的な台詞を脳裏で何度もリフレインし、恍惚となった。

愛しくてたまらない相手とベッドで脱がしっこ。

考えるまでもなく、『涎《よだれ》だっらー』ものである。

これ以上の贅沢があるだろうか。って、ないに決まってるだろう。

うれしさのあまり、ひとりボケ・ツッコミを何度か繰り返してから、漸く実感を咬みしめた弥勒が伊織を優しく抱き起こす。

ベッドの上で向かいあって座り、見つめあった。

「んじゃ、俺から脱がす？　それとも、あなたを先に脱がしてもいい？」

「君を先に…」

「どーぞどーぞ」

自分だけ先に裸になるのが恥ずかしいらしい伊織の答えを、あらかじめ予測していた弥勒は、ニッと笑って彼に身を任せる。

小さく頷いて、膝でさらに弥勒のすぐそばまでにじり寄ってきた伊織が、まず黒の厚手のパーカーのファスナーに手をかけた。ジィっという微かな音を立てて、胸のあたりで終点をむかえるそれを下ろし、次に両裾を握って弥勒を見つめる。

「バンザイしてくれる？」

まるで幼児の着替えみたいだなと思いながら、言われたとおり両手をあげた。

パーカーが頭を抜けて脱げたせいで乱れた髪を、ぶるっと首を振って手ぐしで整える。

今度は白のコットンシャツ。ボタンを外そうとする伊織だが、なかなかうまくいかない。

平静に見えて、実は彼がかなり緊張しているのだとわかった弥勒は、少しでも緊張がほぐれればと思い、目の前にある白い頬に唇を寄せた。

「あ……恭一くん、じっとしてなきゃダメだよ」

「ん？　伊織さんが緊張してるっぽいから、和らげよーとか思ったんだけど」

「キ、スされたら…ますますあがっちゃうって」

「ほんとだ。手、震えてる」

「恭一く……ぅんっ」

唇を唇で覆い、しっとりとしたくちづけを楽しみながら、伊織を手伝って自分のシャツのボタンを外してしまう。

「ほら、外れたよ」

「んふっ………も、キスは、ちょっとやめて」

「わかった。ちょっとだけやめる」

瞳を潤ませて濡れた唇で言う伊織に、笑いを咬み殺しつつ答える。

前ボタンが全開になったシャツを丁寧に脱がせてくれた伊織の頬が、素肌になった弥勒を見てほんのりと色づいた。それに気づいたものの、知らん顔で今度は弥勒が伊織の服に手を伸ばす。

「次は俺の番ね」

「え……でもまだ下が…」

「これは自分でやるからいい」

気絶した伊織をベッドに寝かせる際に、薄手のジャケットは脱がしていたから、今の彼はデニム生地のシャツとジーンズというでたちだ。

羞恥に顔を俯ける伊織のシャープな顎を片手で持ってくいっとあげさせ、残った方の手で着々と服を脱がしながら、またくちづける。逃げる舌を追いつめ、口内の至るところを蹂躙して回り、捕まえた舌は感覚が麻痺するほどに吸いあげた。

「は、あ……やめ……恭、もう…」

舌ったらずな口調で制止を訴える伊織に、弥勒はとどめと言わんばかりのくちづけを贈る。

嵐のようなキスと並行し、伊織の衣服をさっさと脱がしていく手際のよさは、弥勒のこれまでの性生活を如実に表している。

顎を摑んでいた手を彼の後頭部に移動させ、唇からこぼれた唾液を追って、弥勒が細い首筋に吸いつく頃には、全裸にされた伊織の姿がベッドにあった。

「ん……や、恭一く…あっ」

「いいから。一回イッて伊織さん」

「いや。いや……恭一くん…やだっ」

激しく淫らなキスで感じてしまった伊織が、邪魔な服がなくなった途端、勃ちあがった果実に羞恥を覚えて抵抗するのを、弥勒は向かいあって座ったままの体勢で抱き寄せた。

細身の砲身を緩急をつけて揉みしだき、逃げようとする身体を腰に腕を回して抱きしめる。

「あ……ああ…だめ、いや…」

「ダメじゃないって。いやっつってもイかせるし」

「んんっ……あ、んっ」

思わずといった感じで揺れた細腰にほくそ笑みつつ、さらに手を蠢かせ、鎖骨のくぼみに唇を押し当ててきつく吸った。

「や……っ」

腕の中で細い身体がビクンと震えた直後、彼が小さな悲鳴をあげて熱を解き放った。

熱い飛沫を手に浴びながら、快感に浸る小さな顔をしっかり目に焼きつける。

「は、あ…」

「伊織さん、首んとこ周辺吸われんの弱いんだね。ってゆーか、俺がうますぎんのか」

間違いなく百戦錬磨の弥勒が自慢げに笑うと、息も絶え絶えの伊織の瞼が開き、潤んだ瞳でな

ぜか悲しげに自分を見つめた。

「お願いだから…君が、今まで抱いてきた人と……比べないでくれる」

「伊織さん？」

思いがけない台詞を言われて驚く弥勒に、伊織はまるで懺悔でもするかのように続ける。

「僕は、先輩のことがあって以来、もうずっとSEXしてないから、きっと君には物足りない相手だと思うけど、そのうち勘も取り戻すと思うし、君を楽しませるのだって」

「それマジ？」

「努力次第できっとできると思………え？」

伊織の薄い肩をガシッと摑んで引き寄せた弥勒が、瞳を覗き込んで再度訊ねる。

「マジ？」

「あ、うん。君が物足りないって思うなら努力す…」

「違う！　あなた、マジでずっとSEXしてないの？」

恐ろしくまじめな顔で勢い込んで訊ねた自分に圧されつつも、こくんと頷いた伊織に、弥勒は本日二度目の『おお神よ』を呟いた。

何たる奇跡。こんなにも美しい人が、もう何年も誰とも身体を繋げていないなんて、まさしく奇跡以外の何物でもあるまい。そしてその奇跡を摑みとる俺って、やっぱりタダモノじゃないなと自画自賛している俺様な弥勒であった。

「伊織さん、焦らすの超うまいから、恋愛上手だとばっか思ってた」

年齢的にも俺より上だし、経験豊富かな～と、と笑う弥勒に、伊織は憮然となった。

「君は、そういう人が好きなの？　だとしたら僕は…」

「ストップ。早とちりしないでくれるかな」

珍しく拗ねた表情をする伊織を『可愛い』と思いながら、弥勒は彼の身体にそっと体重をかけてベッドに沈めた。白いシーツに伊織の漆黒の髪が、まるで模様のように散る。

「俺は、どんなあなたでも、めいっぱい愛する自信あるけど…」

「恭一くん、あの……あんまり足を広げないで。あと、そんなに腰を押しつけるのもちょっと」

「うぶうぶなあなたは、めちゃめちゃに泣かせたいくらい、愛しさ全開って感じ」

「ん……っ」

逃げる素振りを見せる伊織の胸の突起をぺろりと舐めると、腕の中の細い身体が小さく震え、その行為をやめさせようと思っているのか、弥勒の髪に彼の指が絡んだ。幾度かぎゅっと髪を引っ張られたが、かまわずそこを嬲っているうちに、甘く濡れた吐息が聞こえ始め、指から力が抜けた。

「あ……も、や…んっ」

「風呂場であなたの裸を見た時からずっと、このピンク色の乳首舐めたかったんだよね」

「は、んん……恭…やめ……あっ」

伊織がひときわ高い声を放ったのは、弥勒の指がいまだかつて誰も触れたことのない未開の場所に伸びたためである。

慎ましく窄《つぼ》んだ蕾の周辺をつつっと撫で、唇と舌は可憐な胸の飾りを慈しむ。

甘い吐息に混じり、拒絶の言葉が伊織の唇から何度もこぼれたが、弥勒はその都度伸びあがっては彼に極上のくちづけを与え、より深い官能の世界に誘った。

「う……な、に？　……痛い、よ…」

唐突に訪れた苦痛に柳眉を寄せた伊織が、閉じていた瞼を開いて弥勒を見つめる。

涙で潤む瞳の横に唇を落としながら、弥勒が目を細めた。

「指をあなたの中に入れてる。まだほんの先っぽだけ」

「くっ……や、だめ…も、やめて。すご、く……痛い」

「でも、こうやってならしとかないと、もっとつらいって」

「ああっ…それ以上、入れな……で……恭一く、いやっ」

相当つらいらしい伊織に、さすがの弥勒もいったん指を引き抜くと、身体を彼の下半身の方にズラし、すんなりと伸びた両脚を掴んだ。

「恭一くん?」

何をされるのか不安がっている伊織に、これから自分がすることを悟られないうちに、弥勒は彼の脚を大きく開かせて腰をぐっと手前に引き寄せ、あらわになった秘処に唇を這わせた。

「恭一く……やめなさい!」

バックドロップをかける要領で、肩から背中にかけてをベッドにつけて、腰から下の下半身は宙に浮いているという破廉恥極まりない恰好を伊織にとらせてみた。案の定、恥ずかしさのあまり、どうにか体勢を変えるべく暴れる彼を、そうはさせじと上からガッチリ押さえ込み、思うままに恥部を蹂躙し続ける。

「や……あ、ん…んんっ……やめ…」

途中から舌と指を加え、くちゅりと濡れた音が響くまで唾液を注ぎ込み、人差指と中指を根元まで挿入して彼の中をならす。初めは苦痛の悲鳴だけを漏らしていた伊織も、徐々に快感を覚え始めたのか、しばらく経つと鼻にかかった甘え声を放つようになった。

「ココ。伊織さんの『イイトコ』みたいだね」

「あ! いや…だめ、恭……だめっ」

ある一点を弥勒が指先で擦ると、伊織が己の果実から透明な涙を振りこぼしながら、激しく首を振る。その際、彼の柔襞が弥勒の指をぎゅっと締めつけているのだが、無論本人が意識してのことではない。

「何がダメなのかな。俺に教えてくんない？」

伸びあがって伊織にキスしながら、弥勒は恥ずかしげもなくそんな質問をする。

伊織の痴態を見るためなら、少々挿入を先送りにしてもかまわないとすら思っている彼は、間違いなくサドの部類に入るだろう。言葉で苛めるのもまた、弥勒の得意技だった。

「ねえ伊織さん、知ってる？　ココをいじると、あなたの中が俺の指をきついくらい締めつけんの。何でかな。もしかして、すっげ感じてんのかな。さっきまで痛いっつってたけど、どう？」

「う……ん………っく」

「目もうるうるで、唇もぬるぬるだし、ココは俺の唾液でびしょびしょ」

「や……っ」

わざと羞恥心を煽る言葉を選んで言う弥勒に、まだ理性が残っている伊織が耳を塞ごうとしたが、その手をあっさり摑んで彼の頭上でひとつに拘束する。

「聞こえる？　この濡れた音。あなたの身体が蕩《とろ》けてきた音だよ」

「恭一く……も、言わな…で……意地悪は…やめて」

ぐるりと指をかき回すと、伊織の唇から甘い悲鳴と懇願がこぼれた。

欲望と理性の狭間で揺れる茶色の瞳が、狂おしいほど愛しい。

「俺、昔っから好きな子ほどイジメるタイプでさ。あなたを見てると、もうムチャクチャ泣かせたくってしょーがねー」

「子供、みたい」

くすっと笑いながら言った伊織に、実は密かに年の差を気にしている弥勒の目がスッと眇《すが》められる。

「…俺の地雷踏んだな？　もー、いやってほど泣かしてやる」

「え？　恭一く……っあ」

入れていた指をズルっと引き抜き、神業的な速さで下半身の衣服を脱ぎさると、弥勒はトロトロに蕩けきった伊織の蕾へとマグナムの照準をあわせた。

猛りきった弥勒のそれを見て怖じ気づいた伊織が、背中でじわじわあとずさるのを、むんずと足首を握って捕まえ、そのまま両脚を折りたたんで胸の位置まで持っていった。

「ちょっ、恭一くん。待っ……くっ」

ならしたといっても、所詮は指。弥勒本体とは比べものにならないほど規模が小さい。

正しい使用法を真っ向から無視した形で、伊織の後庭に己を埋没していく弥勒に、彼の悲痛な叫びが届いたが、挿入は止めなかった。ゆっくりと、確実に、奥へ奥へと進んでいく。

「あ、あ……うっ…やめ……て」

生理的な涙をこぼしながら、覆いかぶさる自分の肩に爪痕を刻む伊織の目尻に、唇を押しつけて透明な雫《しずく》をぬぐう。

「も少しで全部入るから。あとちょい我慢して」

「嘘……まだ、なの?」

「悪《わり》ぃね、立派で」

「んっ」

笑った振動でさえ痛みを倍増させるらしく、伊織は切れるほどに唇を咬みしめて苦痛に耐えている。その姿がまた、弥勒の嗜虐心を煽るとは、無論彼が気づくはずもない。

「OK。伊織さん、全部入ったよ」

「……も、やめよう?」

息も絶え絶えに、本当につらそうな表情で中止を訴える伊織に、だが弥勒は極上の微笑みで極悪な台詞を吐いた。

「泣かすってゆったろ?」

言った途端、緩々と腰を動かした弥勒に当然のごとく伊織が悲鳴をあげたが、彼はその悲鳴までをも唇で封じた。痛さのためか、ぽろぽろと流れる涙も舐め尽くす。

しばらく放っておいた胸にも指で刺激を与え、少しでも伊織の痛みを和らげる手伝いをしなが

ら も、下半身は別モノなのか激しい動きで彼を責め続ける。

「く……ん、あ…やあっ……痛っ」

「痛いのわかるけど、どーしてもあなたが欲しいから」

「うっ…恭……あ、あ……も、許し…」

「ごめん。許してあげらんない。…愛してる」

強く囁いて、弥勒はいちだんと激しく腰を打ちつけた。伊織の慎ましい蕾を穿《うが》っては引き、ぎりぎりまで引いては深く穿つのを繰り返し、時にはぐるりとかき回す。

本格的に泣き出した伊織に宥めるようなキスをしつつも、彼の泣き濡れた顔が想像以上に色っぽくて、また散々泣かすようなことをしてしまう。

「も……やだっ…恭一く…」

限界を訴える伊織をぎゅっと抱き寄せた弥勒が、深いくちづけの後に笑った。

「わかった。そのかわり、あなたの中に出していい?」

「んっ……い、から……も、終わらせて」

「了解」

言って、ひときわ大胆に伊織の最奥を穿った弥勒は、低く呻いて己の熱を解き放った。

「い…ああ……あ、んんっ」

身体の深いところに熱い飛沫をたたきつけられた伊織が、未知の感覚をその身に受けて、知らず悲鳴を漏らす。すべて出しきった弥勒がぐっと腰を引き、ズルリと伊織の中から自身を抜き出すと、その刺激にも感じ入ったのかまた彼が小さく呻いた。

そんな自分を恥じているらしい伊織に思わず笑いながら、弥勒は彼の横にごろりと横たわって自分の上に細い身体を抱きあげ、すっぽりと腕に収めた。

「やっと、あなたとSEXできた。しかもナマで」

互いの心音が聞こえそうな位置で囁くように言う弥勒に、伊織は頬をつけている逞しい肩口に軽く歯をたてて反撃する。

「君はよかっただろうけど、僕は痛かったし疲れた」

「可愛い顔で、いっぱい泣いてたし?」

くっくと笑う獣に、見事ぺろりとおいしくいただかれてしまったいたいけな草食獣は、ボッと耳まで赤くなったが反論はした。

「僕は可愛くない。泣いたのも、君が意地悪ばっかりするから…」

「だって、あなたの泣き顔ってすっげ色っぽいんだよ」

「……………」

「だから、俺以外の前じゃ泣いちゃダメ。絶対に」

二十八にもなる男が人前で泣く機会など滅多にないと思われたが、伊織に関しては独占欲も尋常じゃない弥勒に、そういった理由が通用するとは思えなかった。

「できれば、君の前でも泣きたくはないんだけどね」

苦笑しながら言う伊織をぎゅっと抱きしめると、弥勒は笑みを含んだ口調で囁いた。

「そんなカワイクナイことゆーと、もう一回濃い～SEXして泣かすぞ?」

無論、伊織が慌てて前言撤回したのは言うまでもない。

◇◆◇エピローグ◇◆◇

「ごちそーさまでしたっ」

いつものように、歩の元気溌剌《はつらつ》な挨拶で終わった朝食の席には、今日もひとつ空席があった。

最近、あまり朝から姿を見せなくなった伊織に、芹沢を除く他の下宿人たちは、単に朝食作りをおばさんと交代したのだと思っているらしいが、実際は違う。

妙にスッキリと満ち足りた表情でコーヒーをすする悪友の顔を見れば、一目瞭然。

昨夜もきっと、伊織の体力を顧みずに己の欲望をぶつけたに違いない。

他の面々が自分の食器を持ってテーブルを離れると、芹沢は少しだけ呆れ口調で言った。

「恭一。おまえさ、少しは手加減してあげたら？」

伊織さん細いんだから、とつけ加える。が、蜜月真っ只中の男は、ニヤリと笑って臆面もない返答をよこした。

「してるぜ？　あの人が毎日は勘弁してっつーから、三日に一遍まとめて数回」

「……あっそう」

今日にでも、こっそり伊織に『H分散化計画』を伝授しようと思う芹沢だった。

「まあ、とりあえずハッピーエンドでよかったよ」

「歩とのSEX中に、俺が乱入しなくなったからだろ」

「うん」

即答した芹沢に弥勒が肩を揺らして爆笑すると、悪友も栗色の双瞳を細めて笑った。

「また今度、ダブルデートでもしよーよ」

「ああ」

気のあう友人と最愛の恋人がいる弥勒は、まさしく幸福の絶頂にいた。

願わくば、今、自分のベッドで眠る伊織にも、幸せを感じていてほしい。

幸せすぎて恐いと思うのではなく、今よりもっと幸せになれると信じて。


この二年後、大学卒業と同時に下宿を出た弥勒は、青葉荘から徒歩十分のところにマンションを借りて、伊織との同棲計画を始動させるのだった。

FIN

あとがき

お久しぶりの方も、そうでない方もこんにちは。いかがお過ごしでしょうか。

ここ最近、学園モノづいていたので（そうでもない？）、今回の話は主人公の片割れの年齢をちょっと高くしてみました。しかも年下攻め。

ところが、その攻がおっそろしくオラオラした性格になってしまって、牧山的にはこれまで書いた攻の中でも最強最悪な男になったような気がしないでもないんですけれど、みなさまはどうお感じになっているでしょう。是非、ご意見・ご感想をお聞かせください（笑）。では早いですが、いつものお礼へ参ります（あとがき短いので）。

担当さま、お世話をかけっぱなしですみません。うっかり・ぼんやりが多いアホなので、これからも度々ご迷惑をかける可能性大ですが、仏のような心でおつきあいください。

それから、挿絵を描いてくださった高宮東先生。目暈を起こしそうなほど綺麗な綺麗なイラストを、本当にありがとうございます♡　私には初めての経験だったのですが、今回は話を書く前にイラストの先生が決まっているという状況でした。なので、ワープロを打ってキャラクターを動かしながら、高宮先生の麗しい絵を想像しては、ひとりニヤつくなどといった極めて怪しい行動を繰り返していた次第です。そして、送られてきたキャララフを見て、そのあまりのカッコよさに見とれ、恥ずかしくもうっかりヨダレを垂らしそうになった事実をまじめに担当さんに訴えたのは間違いなく私です（う～ん、アホ全開）。

本当に、素敵なイラストをありがとうございました。どうぞ、お身体に気をつけて、お仕事なさってください。

それと、最後まで読んでくださった読者のみなさまに、心からの感謝を捧げます。いつも言っていますが、少しでも、みなさまに楽しい時間を提供できたとしたら、私は本望です。

これからもマイペースは変わらないと思いますが、ぼちぼちやっていきますので、末長くおつきあいください。

それでは。また次におめにかかれる日を祈りつつ。

牧山とも　拝

●ファンレターのあて先●
〒101-0024 東京都千代田区神田和泉町1-11
プラントビル3F ㈲フィッシュボーン 内
アイスノベルズ編集部『○○先生』係

●情熱《じょうねつ》で縛《しば》りたい●

2002年4月22日 第1刷発行

著 者——牧山《まきやま》 とも
©Tomo Makiyama

発行人——長嶋 正博

発 行——㈱オークラ出版
〒102-0082 東京都千代田区一番町13 法眼坂ビル2F
TEL.03(5275)7681 FAX.03(5275)7690

印 刷——図書印刷㈱

落丁・乱丁がありましたらお取替えいたします